www.ingramcontent.com/pod-product-compliance
Lightning Source LLC
LaVergne TN
LVHW020444070526
838199LV00063B/4847
9789358725933

ایک غلطی

(فرانسیسی افسانہ نگار Maurice Level کے یادگار افسانے)

ترجمہ:

اِمتیاز علی تاج

© Imtiaz Ali Taj

Aik Ghalti *(Short Stories)*

by: Imtiaz Ali Taj

Edition: March '2025

Publisher :

Taemeer Publications LLC (Michigan, USA / Hyderabad, India)

ISBN 978-93-5872-593-3

9 789358 725933

مصنف یا ناشر کی پیشگی اجازت کے بغیر اس کتاب کا کوئی بھی حصہ کسی بھی شکل میں بشمول ویب سائٹ پر اَپ لوڈنگ کے لیے استعمال نہ کیا جائے۔ نیز اس کتاب پر کسی بھی قسم کے تنازع کو نمٹانے کا اختیار صرف حیدرآباد (تلنگانہ) کی عدلیہ کو ہو گا۔

© امتیاز علی تاج

کتاب	:	**ایک غلطی** (افسانے)
مصنف	:	**امتیاز علی تاج**
صنف	:	فکشن
ناشر	:	تعمیر پبلی کیشنز (حیدرآباد، انڈیا)
سالِ اشاعت	:	۲۰۲۵ء
صفحات	:	۱۲۲
سرورق ڈیزائن	:	تعمیر ویب ڈیزائن

فہرست

.	دیباچہ	6
(۱)	بنک کا منیم	9
(۲)	کون؟	25
(۳)	ٹھاٹھ	41
(۴)	لال لمپ کی روشنی میں	56
(۵)	اعتراف	71
(۶)	دس-پچاس کی ایکسپریس	88
(۷)	ایک غلطی	104

دیباچہ

مختصر افسانوں کی مانگ دیکھتے ہوئے اردو کے اکثر ادبی رسائل جس قسم کے طبعزاد یا مترجمہ افسانے ہر ماہ شائع کرتے رہتے ہیں۔ ان کے اندراج کے جواز میں خانہ پُری کے سوا اور کوئی دلیل نہیں سوچی جا سکتی۔

ترجمہ کے لئے عام طور پر ادب کے وہ ارزاں نمونے منتخب کئے جاتے ہیں۔ جو پست معیار کے انگریزی جرائد میں شائع ہوتے رہتے ہیں۔ اور طبعزاد افسانوں کے نام سے پریشان خیالی کا ایک نہایت بھدا اور بدنما ڈھیر کھڑا کر دیا جاتا ہے۔ جس میں اختصار کے سوا مختصر افسانے کی اور کوئی بات نظر نہیں آتی۔

ایک دوست کا مشورہ تھا۔ کہ اردو میں مختصر افسانے کے فن پر ایک مفصل اور تعمیری تنقید کی کتاب لکھنے کی ضرورت ہے مگر میری رائے میں جب تک زبان بہترین افسانوں کے نمونوں سے آشنا نہ ہو جائے۔ اس قسم کی تصنیف قبل از وقت ہے ؛ مختصر افسانے کے مطالعے کے دوران میں موپیولیول کی کہانیاں اپنی کئی خصوصیات کے باعث مجھے اس قابل معلوم ہوئیں۔ کہ انہیں اردو میں منتقل کر لیا جائے ؛

بعض دوسرے مصنفین کی طرح اگرچہ موپیولیول کے تخیل کو بھی ہیبت و دہشت اور تقدیر کی ستم ظریفیوں کے مضامین خاص طور پر پسند گلدگا سنے ہیں لیکن انہیں یہ امتیاز حاصل ہے۔ کہ ان کے افسانے زندگی سے زیادہ قریبی تعلق رکھتے ہیں۔ اور ہیبت و دہشت کے اندر سے ان کے دردمند دل کی دھڑکن سنائی دیتی رہتی ہے ۰ اردو ابھی تک اس قسم کی کہانیوں سے روشناس نہیں ہے ؛

موپیولیول بے انتہا سلیس عبارت استعمال کرتے ہیں جس کی چستگی اور روانی پڑھنے میں نظم کا سا لطف دیتی ہے۔ ایک

فقرہ یا لفظ بھی ضرورت سے زیادہ یا کم نہیں ہوتا۔ مختلف چیزوں کے بیان میں تناسب کی سمجھ بے حد تیز ہے۔ چنانچہ ان کی ہر مکمل کہانی ایک نفیس اور صاف ستھرے ترشے ترشائے ہیرے کی طرح دل کش معلوم ہوتی ہے۔

پھر ان کی کہانیاں اگرچہ عام زندگی سے تعلق رکھتی ہیں۔ لیکن ان میں وہ خاص مقامی رنگ نہیں ہے۔ جس کے باعث بعض مغربی شاہکار اردو میں اول تو منتقل نہیں ہوسکتے اور اگر ہوتے ہیں۔ تو پھیکے اور بے مزہ رہ جاتے ہیں۔

ان خصوصیات کی بنا پر میں نے موسیو لیول کی کہانیوں کو اردو میں ترجمہ کرنا مناسب سمجھا ہے۔ میں نے حتی الامکان کوشش کی ہے۔ کہ ان کی کوئی خوبی ترجمہ میں برباد نہ ہونے پائے۔

سید امتیاز علی تاج
۳۰۔ اکتوبر ۱۹۲۷ء

بنک کا منیم

راوی نو دس سال سے بنک میں اس کام پر مقرر تھا کہ قرض داروں سے روپیہ وصول کر لایا کرے اپنے فرائض نہایت خوش اسلوبی سے سرانجام دیتا۔ اس سے کبھی کسی قسم کی وجہ شکایت پیدا نہ ہوئی تھی۔ نہ کبھی اس کے حساب کتاب میں کوئی غلطی نکلی تھی ❖

تنہا زندگی بسر کرتا تھا۔ نہ نئے تعلقات پیدا کرتا نہ ہوٹلوں اور قہوہ خانوں میں آتا جاتا۔ ہر قسم کی ترغیبات سے الگ تھلگ رہتا۔ جس حال میں تھا مگن تھا + کبھی کوئی کہتا۔ کہ بنک کی بڑی بڑی رقموں کا لین دین کرتے

ہوئے منہ میں پانی تو ضرور بھر آتا ہوگا! تو نہایت متانت سے جواب دیا کرتا۔ "وجہ؟ جو روپیہ اپنا نہ ہو۔ وہ روپیہ ہی نہیں"۔

جس محلے میں رہتا تھا۔ وہاں اُس کا بڑا امان تھا لوگ اکثر معاملوں میں اُس سے مشورہ لیتے۔ اور اس کی رائے پر عمل کیا کرتے تھے۔

ایک دن وہ بینک کا روپیہ وصول کرنے گیا تو شام تک گھر نہ لوٹا۔ جو لوگ اُس سے بخوبی واقف تھے۔ انہیں خیانت کا تو گمان بھی نہ گذرا۔ سمجھے کوئی حادثہ ہوگیا۔ پولس نے تحقیق کرنا شروع کیا۔ کہ وہ دن میں کہاں کہاں گیا تھا۔ معلوم ہوا۔ قرض داروں کے ہاں ٹھیک وقت پر بل لے کر پہنچا تھا۔ آخری رقم موں تر وثر گیٹ کے قریب سات بجے شام کو وصول کی تھی۔ اُس وقت دو لاکھ فرنیک سے اوپر رقم اس کے پاس موجود تھی۔ اس کے آگے سراغ نہ ملتا تھا۔ فصیل کے قریب جو اجاڑ میدان پڑا ہے۔ اس کا چپہ

چپہ چپہ چھان مارا۔ چھاؤنی کے آس پاس جو کھنڈر ہیں۔ اُن کا کونا کونا دیکھ ڈالا۔ کچھ پتہ نہ چلا۔ کارروائی مکمل کرنے کے لئے ہر طرف۔ سرحد کے ہر اسٹیشن پر تار بھیج دیئے۔ لیکن کیا بنک کے ڈائرکٹر اور کیا پولس۔ سب کو یقین تھا۔ کہ ضرور کوئی اُچکے تاک میں بیٹھے رہے اور اسے لُوٹ کر دریا میں پھینک گئے ہیں۔ بعض معتبر اطلاعات سے اس خیال کی تصدیق بھی ہو گئی۔ چنانچہ سب نے قطعی طور پر یہ کہہ دیا۔ کہ بعض نامی چوروں نے ایک عرصے سے ڈاکے کا منصوبہ گانٹھ رکھا تھا۔

پیرس بھر میں ایک شخص تھا جس نے اخباروں میں یہ خیال پڑھا۔ تو مُسکرا دیا۔ . . یہ راوے تو تھا۔

جس وقت پولس کے ہوشیار سے ہوشیار کھوجی سُراغ نکالنے سے رہے جا رہے تھے وہ رات کو برنج بانمانت میں سے ہوتا ہوا اور دریائے سین کے کنارے پہنچ گیا تھا۔ پچھلی رات پل کی ایک محراب تلے روزمرّہ کے کپڑوں کا ایک جوڑا رکھ گیا تھا۔ وہاں پہنچ کر لباس تبدیل

گیا۔ دو لاکھ فرنیک جیب میں ڈالے۔ وردی اور روپے کے تھیلے کی گٹھڑی سی بنائی۔ بوجھل بنانے کو ایک بھاری پتھر ساتھ باندھ دیا۔ اور دریا میں پھینک دی۔ پھر اطمینان سے پیرس لوٹ آیا۔ رات کو ایک ہوٹل میں سو رہا۔ خوب مزے کی میٹھی نیند سویا۔ چند ہی گھنٹوں میں باکمال چور بن گیا تھا۔

جب سے روپوش ہوا تھا۔ چاہتا تو ریل میں سوار ہو کر سرحد پار کر لیتا۔ مگر تھا دور اندیش۔ سمجھتا تھا۔ سو چاہے ہیں نکل بھی گیا۔ تو پولس کے ہاتھوں بچ تو سکتا نہیں۔ اور پھر جو حشر ہونا ہے معلوم ہے۔ ہتھکڑی لگنے میں کچھ شبہ ہی نہیں۔ اس کے علاوہ اس نے چال ہی کچھ اور ہی سوچ رکھی تھی۔

دن چڑھا۔ تو دو لاکھ فرنیک کے نوٹ ایک لفافے میں بند کئے۔ اس پر پانچ مہریں لگائیں۔ اور ایک وکیل کے ہاں پہنچا۔

کہا۔ "موسیو۔ ایک گذارش لے کر آیا ہوں۔ اس

لفافے میں چند دستاویزیں ہیں۔ انہیں کہیں حفاظت سے رکھوانا چاہتا ہوں، میں دور دراز کے سفر پر جا رہا ہوں۔ کون جانے کب لوٹنا ہو۔ آپ اس لفافے کو رکھ لیں۔ تو مہربانی ہو۔ اُمید ہے آپ کو کوئی عذر نہ ہو گا"۔

"کیا عذر ہو سکتا ہے۔ رسید لکھے دیتا ہوں"۔

اس نے کہا "اچھی بات"۔ پھر سوچنا شروع کیا، رسید رکھوں گا کہاں؟ کس کے سپرد کروں گا؟ اپنے پاس رکھی تو پونجی کی خیر نہیں۔ اس قصے کا خیال تو ابھی آیا ہی نہ تھا کچھ پس و پیش کے بعد بلا تکلف کہا:۔

"میں دنیا میں بے یار و مددگار ہوں۔ نہ رشتہ دار ہیں نہ دوست آشنا۔ سفر خطرے سے خالی نہیں۔ کیا پتہ رسید کھو بیٹھوں، تلف ہو جائے۔ آپ یوں نہیں کر سکتے کہ اس لفافے کو لے لیں۔ اور اپنی دوسری دستاویزوں میں حفاظت سے رکھ دیں؟ میں جب واپس آؤں تو آپ گویا آپ کی جگہ جو یہاں کام کر رہا ہو۔ اُسے اپنا نام بتاؤں اور اُس سے وصول کر لوں"۔

"لیکن یوں کیا تو . . . "

"آپ رسید پر یہی لکھ دیجئے۔ کہ لفافہ اس طرح طلب کرنے پر واپس کیا جائے گا۔ کچھ نقصان ہوگا تو میرا ہی ہوگا نا"۔

"آپ کی مرضی۔ آپ کا نام کیا ہے؟"

بلا تامل جواب دیا۔

"دو پر ٹررآنزی دو پر ٹرر!"

واپس سڑک پر آیا۔ تو اطمینان کا لمبا سانس لیا۔ ایک قصہ تو طے ہوا۔ اب پڑے ہتھکڑی لگاؤ۔ مال تو ہاتھ آتا نہیں۔

اس نے نہایت سکون و اطمینان سے اس تجویز پر عمل درآمد کیا تھا۔ کہ سزا کی میعاد تمام ہو چکنے کے بعد اپنا روپیہ حاصل کر لوں گا۔ اس وقت اس کا پورا حقدار ہوں گا۔ کوئی کچھ کہنے سننے کی جرأت نہ کرے گا۔ چار پانچ سال کی مصیبت ہی ہے نا۔ گذر جائے گی۔ پھر تو امیر کبیر بن جاؤں گا۔ در در پھرنے سے۔ قرض داروں

سے روپیہ وصول کرنے میں زندگی گذارنے سے تو
بہت بہتر ہے - باقی عمر گذارنے کو دیہات میں چلا جاؤں
گا۔ وہاں ہر ایک "موسیو دوبرٹ" کہہ کر بلایا کرے گا۔
راحت و فارغ البالی میں ضعیفی آئے گی۔ کچھ روپے
سے محتاجوں معذوروں کی مدد کروں گا۔ دنیا سخی اور
ایمان دار کہے گی۔

چوبیس گھنٹے اور اس بات کا انتظار کیا۔ کہ کہیں
نوٹوں کے نمبر نہ نکل گئے ہوں۔ جب اطمینان ہو گیا۔
تو سگرٹ سلگا کر منہ میں دبایا۔ باہر نکل آیا۔ اور اپنے
آپ کو پولس کے حوالے کر دیا۔

اس کی جگہ کوئی دوسرا شخص ہوتا۔ تو شاید
بیٹھ کر کوئی کہانی گھڑتا۔ اس نے سوچا۔ سچ کہہ دینا۔
اور چوری کا اقرار کر لینا بہتر ہے۔ وقت کھونے سے
حاصل کیا؟ لیکن جب اس پر فرد جرم لگی۔ اُس وقت۔
اور پھر جب مقدمہ چلا۔ اُس وقت بھی سب نے
بہتیرا زور لگایا۔ کسی طرح اس کے منہ سے کوئی ایسا

لفظ نکلوائیں۔ جس سے پتہ لگ سکے۔ آخر دو لاکھ فرینک اس نے کٹ کیا۔ مگر بے سود۔ وہ بس یہی کہے گیا:۔

"مجھے کچھ معلوم نہیں۔ ایک بنچ پر بیٹھ گیا تھا۔ آنکھ لگ گئی۔ . . . کسی نے لوٹ لیا"۔

وہ تو کہئے پچھلی ایمانداریاں آڑے آ گئیں۔ صرف پانچ سال قید کی سزا ملی۔ ٹھنڈے دل سے فیصلہ سنتا رہا۔ پینتیس سال کی عمر تھی۔ سوچا۔ چالیس سال کا ہو جاؤں گا۔ تو آزادی بھی نصیب ہو جائے گی۔۔ اور دولت بھی۔ تھوڑی سی قید کی قیمت پر یہ سودا کچھ مہنگا نہ تھا۔

قید بھگتنے کے لئے جس قید خانے میں گیا سو وہاں کے قیدیوں میں اس کی فرض شناسی ویسی ہی ضرب المثل بن گئی۔ جیسی ملازمت کے دوران میں تھی۔ قید کی مدت دھیرے دھیرے گذر رہی تھی۔ بے فکری اور صبر و شکر سے گذار رہا تھا۔ بس خیال تھا تو اپنی صحت کا۔

آخر کار رہائی کا دن آن پہنچا۔ جیل والوں کے پاس۔ اس کی جو چند چیزیں امانت کے طور پر رکھی تھیں۔ انہوں نے حوالے کیں۔ جیل سے نکلا۔ تو بس ایک ہی خیال دماغ میں گھوم رہا تھا۔ وکیل کے ہاں پہنچو۔ جا رہا تھا۔ اور سوچ رہا تھا۔ وہاں کیا گذرے گی:۔

پہنچوں گا۔ ملازم آراستہ پیراستہ دفتر میں لے جائے گا۔ وکیل کو میں کیا یاد رہا ہوں گا۔ عینک لگائے گھور گھور کر دیکھے گا۔ اچھی خاصی مدت گذر گئی ہے۔ عمر ڈھل چکی مصیبتوں نے چہرہ بدل ڈالا۔ وکیل بھلا کہاں پہچان سکے گا؟ ہا! ہا! ویسے ہی ملاقات دلچسپ رہتی۔ وکیل کی بھول سے لطف دوبالا ہو جائے گا۔

"فرمایئے موسیو کیسے تشریف لانا ہوا؟"

"پانچ سال ہوئے۔ میں نے آپ کے پاس ایک امانت رکھوائی تھی۔ وہ لینے آیا ہوں"۔

"کونسی امانت؟ کس نام سے رکھوائی تھی؟"

"کس نام سے۔ موسیو۔ ۔ ۔"

رداوے تو رُک گیا۔ یک لخت کچھ منہ ہی منہ میں کہنے لگا:۔

"ارے واہ۔ یاد نہیں آتا۔ کیا نام بتایا تھا؟"

دماغ پر طرح طرح سے زور دیا۔ کچھ نہیں! بنچ رکھی تھی۔ اس پر بیٹھ گیا۔ ہاتھوں کے طوطے اُڑے جا رہے تھے۔ دل کو ڈھارس دلائی۔ اپنے آپ کو سمجھانے لگا:۔

"گھبرانے کی کیا بات ہے! دل جمعی سے سوچو! موسیو۔موسیو . . . اچھا بھلا پہلا حرف کیا تھا؟"

گھنٹہ بھر تک فکر میں کھویا ہوا بیٹھا رہا۔ حافظے سے بہتیرا کام لینا چاہا۔ خیال ہی خیال میں اِدھر اُدھر بہت ہاتھ پَیر مارے۔ شاید کوئی ایسی بات یاد آجائے جس سے نام کا سُراغ مل سکے۔ بے سود۔ نام جیسے اس کی نظروں کے سامنے۔ اس کے اردگرد ناچ رہا ہے۔ حرف اُچھل اُچھل کر سامنے آتے نظر پڑتے۔ لفظ غائب ہو جاتا۔ بار بار ایسا معلوم ہوتا۔ یاد آگیا۔ آنکھوں کے سامنے لکھا ہے۔

زبان پر موجود ہے۔ نہ! پہلے پہلے تو کچھ جھنجھلا کر رہ جاتا + رفتہ رفتہ ناکامی کا احساس تیز ہوتا گیا۔ نشتر سا بن گیا۔ جو گویا دل میں اُترا جا رہا تھا۔ تلملائے دیتا تھا + کمر پر گرم گرم لہریں سی دوڑ رہی تھیں عضلات سکڑے جاتے تھے۔ اطمینان سے بیٹھنا دوبھر ہو گیا۔ ہاتھوں کی اُنگلیاں مُڑنی شروع ہوئیں۔ زور سے مُٹھی بند کر لی۔ خشک ہونٹوں میں دانت گاڑ دئے۔ کبھی بے اختیار چاہتا رو دے۔ کبھی ولولہ اُٹھتا۔ کسی سے لڑ پڑے۔ جتنی کوشش کرتا کہ توجہ کو سمیٹ سماٹ کر ایک جگہ جمع کرے۔ اتنا ہی نام زیادہ دور جاتا ہوا معلوم ہوتا۔ زمین پر زور زور سے پاؤں مارے۔ اُٹھ کھڑا ہوا۔ آخر بلند آواز سے بولا:۔

"اب اس پریشانی سے کیا حاصل؟ یوں تو نام یاد آتا بھی ہو گا۔ تو بھول جاؤں گا + خیال چھوڑ دیا۔ تو خود بخود یاد آجائے گا"۔

مگر جس چیز نے دل اور دماغ کو گھیر رکھا ہو۔ اس سے اتنی آسانی سے پیچھا نہیں چھڑایا جا سکتا +

راہ چلتوں کے چہروں پر توجہ کرنی چاہی۔ دُکانوں کی کھڑکیوں میں چیزیں دیکھ کر تھم گیا بازاروں کے شور و غل پر کان لگائے۔ لیکن جب کچھ سُن رہا ہوتا تو بغیر سنے کچھ دیکھ رہا ہوتا۔ تو بغیر نظر آئے۔ وہ عظیم سوال بدستور ہاتھ دھو کر پیچھے پڑا ہوا تھا:

"موسیو؟ موسیو؟"

رات پڑگئی۔ گلی کوچے سنسان ہو گئے۔ تھکن سے چُور چُور ہو رہا تھا۔ ایک ہوٹل میں چلا گیا۔ ایک کمرہ لے لیا۔ اُسی طرح تمام کپڑے پہنے پہنائے بستر پر پڑا رہا۔ گھنٹوں دماغ کا دفتر اُلٹ پلٹ کرتا رہا۔ صبح کے قریب نیند آ گئی۔ آنکھ کھلی تو دن اچھا خاصا چڑھ چکا تھا طبیعت شگفتہ تھی۔ بڑے مزے میں انگڑائی لی لیکن پلک جھپکتے میں پھر اُسی خیال نے دماغ میں پنجے گاڑ دیئے:

"موسیو؟ موسیو؟"

دماغ کرب میں تو مبتلا تھا ہی۔ کوڑھ پر کھاج ایک نیا احساس پیدا ہوا۔ ڈر۔ یہ ڈر کہ کیا پتہ یہ نام کبھی

یاد ہی نہ آئے۔ اُٹھ کھڑا ہوا۔ باہر نکل گیا۔ جدھر منہ اُٹھا اُدھر چل دیا۔ گھنٹوں یونہی پھرتا رہا۔ وکیل کے مکان کے گرد چکر لگایا کیا۔ اگلی رات آگئی۔ دونوں ہاتھوں میں اپنا سر پکڑ کر درد بھری آواز میں بولا:۔

"میرا سر پھر جائے گا"۔

اب ایک بھیانک خیال نے اُس کے دماغ پر قابو پالیا۔ میرے پاس دو لاکھ فرنیک نوٹوں میں ہیں۔ بے ایمانی سے آئے سہی۔ ہیں تو میرے۔ اور میں نہیں نہیں لے سکتا۔ ان کے پیچھے پانچ سال کی قید بھگتی۔ اور اب انہیں چھو نہیں سکتا۔ نوٹ میری راہ تک رہے ہیں۔ ایک لفظ صرف ایک لفظ۔ جو یاد نہیں آتا۔ مجھ میں اور اُن میں دیوار بن گیا ہے۔ اس دیوار کو میں پھلانگ نہیں سکتا۔ ایسا معلوم ہوتا تھا۔ ہوش حواس قابو سے نکلے جا رہے ہیں۔ مٹھیاں بھینچ کر زور زور سے سر پر ماریں۔ شرابیوں کی طرح لڑکھڑا کر لمپ کے کھمبے سے ٹکر کھائی۔ راستہ چلنے کی پٹری سے نیچے اُتر گیا۔ اب یہ صورت

نہ رہی تھی۔ کہ سوال نے دماغ کو گھیر رکھا ہو۔ اب تو یہ سوال اُس کی تمام ہستی ہیں۔ اس کے دماغ ہیں۔ اس کے گوشت پوست تک میں ایک جنون بن کر سما گیا تھا۔ یقین ہو گیا تھا۔ اب نام کبھی یاد نہ آئے گا۔ کسی سحر نے ایک قہقہہ پیدا کر دیا تھا۔ جو اُس کے کانوں میں گونج رہا تھا۔ وہ گذرتا تو راہ گیر اس پر اُنگلیاں اُٹھاتے تھے۔ وہ چلتا رہا۔ رفتہ رفتہ خود بخود تیز چلنے لگا۔ اور تیز چلا۔ دوڑ پڑا۔ سیدھا بھاگا چلا جا رہا تھا۔ نہ آمد رفت کا خیال ہی نہ تھا۔ آنے جانے والوں سے ٹکریں کھا رہا تھا۔ چاہتا تھا۔ ٹکر کھا کر گر پڑوں۔ روندا جاؤں دنیا سے میرا نشان مٹ جائے۔

"موسیو؟ موسیو؟"

پاس ہی سامنے سین بہ رہا تھا۔ اس کے سبزی مائل گدلے پانی پر چمکتے تاروں کا عکس پڑ رہا تھا۔ اس نے سسکیاں بھر کر کہا:۔

"موسیو۔۔۔؟ ہائے رے وہ نام میرے اللہ

وہ نام!"

گھاٹ کی سیڑھیاں اُتر کر دریا کے کنارے پر چلا گیا۔ اوندھا لیٹ گیا۔ سرک کر عین کنارے پر پہنچا کہ پانی سے ہاتھ منہ ٹھنڈا کرے۔ سانس پھول رہا تھا۔ دریا کا پانی اُسے کھینچ رہا تھا... اس کی گرم آنکھوں کو کھینچ رہا تھا... اس کے کانوں کو ... اس کے تمام جسم کو کھینچ رہا تھا۔ اُسے ایسا معلوم ہُوا۔ جیسے میں پھسل رہا ہوں۔ کنارے کی ڈھلان پر سنبھل نہ سکا۔ گر پڑا۔ اچانک ٹھنڈے یخ پانی میں گرنے سے اعصاب میں سنسنی سی دوڑ گئی بہتیری کش مکش کی... ہاتھ پاؤں مارے... پانی میں سے سر نکالا... نیچے چلا گیا... پھر سطح پر آیا۔ یک لخت بے انتہا کوشش سے چلایا۔ آنکھیں باہر نکلی پڑ رہی تھیں۔

"یاد آگیا... پہچانا! دُودیر۔ دُودیر..."

گھاٹ سنسان تھا۔ بہکتا ہوا پانی پل کے

پایوں سے ٹکرا کر بہا چلا جا رہا تھا۔ اس سناٹے میں پل کی اندھیری محراب میں گونج نے نام کو دُھرایا ۔ ۔ ۔ دریا دھیرے دھیرے جیسے اُٹھتا اور گر پڑتا تھا۔ سفید اور سُرخ روشنیاں اس کی سطح پر ناچ رہی تھیں۔ ایک لہر جو دوسری لہروں سے کسی قدر بڑی تھی۔ لنگروں کے بھاری کڑوں کے قریب ساحل سے ٹکرائی ۔ ۔ ۔ پھر ہر چیز پر سکون چھا گیا...

کون؟ . . .

اس روز میں بہت دیر تک کام کرتا رہا تھا اتنی دیر تک۔ کہ آخرکار جب میں نے میز پر سے نظریں اُٹھائیں تو کیا دیکھتا ہوں۔ کہ شفق شام سے میرا مطالعہ کا کمرہ لالہ زار بن رہا ہے + ذرا دیر تک میں بے حس و حرکت بیٹھا رہا + دماغ پر کسل کی وہ کیفیت طاری تھی۔ جو کسی بڑی ذہنی محنت کا نتیجہ ہوتی ہے + بے تعلق نظروں سے اِدھر اُدھر تکتا رہا۔ مدھم روشنی میں ہر چیز دُھندلی اور بے وضع سی نظر آ رہی تھی۔ اگر کچھ روشنی تھی۔ تو ان جگھوں پر جہاں

غروب ہوتے ہوئے سورج کی آخری شعاعیں میز۔ آئینے اور تصویر پر سے منعکس ہو کر روشنی کے دھبے ڈال رہی تھیں۔ کتابوں کی الماری پر ایک انسانی کھوپری رکھی تھی۔ اس پر شعاعیں ضرور خاص قوت سے منعکس ہو کر پڑ رہی ہوں گی۔ کیونکہ میں نے نظریں اُٹھائیں۔ تو وہ مجھے ایسے روشن طور پر نظر آئی۔ کہ گال کی ہڈی سے لے کر جبڑے کے زبردست زاوئے تک ہر حصّہ بخوبی واضح تھا۔ شام کا دُھندلکا بڑی سرعت سے گہرا ہوتا جا رہا تھا۔ اور ہر چیز کو جیسے نگلے لے رہا تھا۔ اس وقت مجھے ایسا معلوم ہؤا۔ کہ رفتہ رفتہ مگر قطعی طور پر اس سر میں زندگی کی چنگاری چمک اُٹھی ہے۔ وُہ گوشت پوست سے منڈھا گیا ہے۔ دانتوں پر ہونٹ سرک آئے ہیں۔ حلقوں میں آنکھیں جڑ سی گئی ہیں۔ بہت جلد کسی انوکھے سحر سے مجھے ایسا نظر آنے لگا۔ کہ میرے سامنے تاریکی میں گویا ایک سر معلق ہے۔ اور میری طرف تک رہا ہے۔

وہ سر جھکی ہوئی نظروں سے مجھے گھور رہا تھا۔
اور اُس کے چہرے پر استہزا کا ایک تبسم تھا۔ یہ کوئی اس قسم کا گریز پا تصور نہ تھا۔ جو انسان کا تخیل پیدا کر لیا کرتا ہے۔ یہ چہرہ ایسی حقیقی چیز معلوم ہوتا تھا۔ کہ ایک مرتبہ تو میں بے قرار ہو گیا۔ کہ ہاتھ بڑھا کر اسے چھولوں لیکن یک لخت رخسار جیسے تحلیل ہو کر رہ گئے۔ حلقے خالی ہو گئے۔ ایک ہلکی سی کہر نے اُسے ملفوف کر لیا۔ ۔ ۔ اور پھر مجھے عام کھوپریوں کی طرح ایک کھوپری نظر آنے لگی۔
میں نے چراغ روشن کیا۔ اور پھر اپنی تحریر کے کام میں مصروف ہو گیا۔ دو تین بار میں نے نظریں اُٹھا کر اُس مقام کو دیکھا۔ جہاں یہ رُوح مجھے نظر آئی تھی۔ اس کو دیکھ کر جو عارضی اضطراب پیدا ہو گیا تھا۔ وُہ جب دور ہو گیا۔ تو میں سر جُھکا کر اپنے کام میں منہمک ہو گیا۔ اور اس کے متعلق سب کچھ بھُول گیا۔
اب کیا ہُوا۔ کہ چند روز بعد میں گھر سے کہیں جا رہا تھا۔ تو راہ میں ایک نوجوان سے دوچار ہُوا۔

مجھے گذرنے کو راہ دینے کے لئے وہ ایک طرف کو ہٹ گیا۔ مَیں نے شکریئے کے طور پر سر جھکایا۔ اس نے بھی یونہی کیا۔ اور اپنی راہ چل دیا۔ پر اس کا چہرہ مجھے کچھ مانوس سا معلوم ہُوا۔ یہ سمجھ کر کہ مَیں اس سے صورت آشنا ہوں۔ مَیں نے مُڑ کر اس کی طرف دیکھا۔ خیال تھا کہ شاید وہ بھی رُک گیا ہو۔ لیکن وُہ نہ رُکا تھا۔ مَیں کھڑا اس کو تکتا رہا۔ یہاں تک کہ راہ گیروں کے درمیان وہ نظر سے اوجھل ہو گیا۔ مَیں نے جی میں کہا۔ "یونہی مغالطہ ہُوا۔" پر اچنبھے کی بات یہ تھی۔ کہ بار بار دل میں سوال پیدا ہوتا تھا۔ "آخر مَیں نے اسے دیکھا ہے تو کس جگہ؟" ۔ ۔ ۔ کسی کے ڈرائنگ روم میں؟ ۔ ۔ ۔ ہسپتال میں؟ ۔ ۔ ۔ اپنے مطب میں؟ ۔ ۔ ۔ نہیں ۔ ۔ ۔ آخر نتیجہ یہ نکالا۔ کہ ضرور کسی اَور شخص سے مشابہ ہے اور یہ سوچ کر اس کا خیال دل سے نکال ڈالا۔ یا یوں کہئے۔ کہ خیال کو دل سے نکال دینے کی کوشش

کی۔ کیونکہ باوجود اس ارادے کے بھی میں بار بار اس کا سراغ نکالنے ہی کی فکر میں رہا۔ میں قطعی اس کی صورت سے آشنا تھا۔ گہری جڑی ہوئی آنکھیں ٹکی ہوئی نظریں۔ منڈی ہوئی مونچھیں۔ سیدھا دہانہ۔ اور مضبوط جبڑے ایسی نمایاں خصوصیات تھیں۔ کہ نہ دل سے محو ہو سکتی تھیں۔ اور نہ ان کا کسی دوسرے شخص پر التباس ہو سکتا تھا۔ الٰہی میں نے اسے دیکھا تو کہاں دیکھا ہے؟ ساری شام اس کا خیال میرے دامنگیر رہا۔ جس چیز پر بھی نظر ڈالتا۔ میرے اور اس کے درمیان آن موجود ہوتا۔ اور برافروختگی کا ایسا احساس مجھ میں پیدا کر دیتا۔ جیسا کسی نام یا گیت کے زبان پر پھرنے اور یاد نہ آنے سے پیدا ہو جاتا ہے۔ یہ کیفیت عرصے تک۔ ہفتوں تک جاری رہی۔

ایک دن سڑک پر پھر یہی نامعلوم شخص مجھے نظر پڑ گیا۔ میں اس کے قریب پہنچا۔ تو یہ کیفیت تھی۔ کہ تقریباً اسے گھور رہا تھا۔ وہ بھی میری طرف

تک رہا تھا۔ اُسی سرد مہری اور انہیں تکی ہوئی نظروں سے تک رہا تھا۔ جن سے مَیں بخوبی واقف تھا۔ لیکن اس کے چہرے سے کوئی ایسے آثار ظاہر نہ ہوئے۔ جن سے یہ معلوم ہوتا۔ کہ وہ مجھے جانتا ہے۔ وہ پل بھر کے لئے بھی نہ رُکا۔ اور یک لخت دائیں ہاتھ مُڑ کر مجھ سے کترا گیا۔ اب جو نتیجہ نکالنے کے سوا چارہ نہ رہا تھا۔ مَیں نے نکال لیا۔ کہ اگر مَیں اس سے واقعی واقف ہوتا تو وہ بھی ضرور مجھ سے واقف ہوتا۔ اور یوں دوسری مرتبہ آمنے سامنے آجانے کے بعد وہ نظروں ہی نظروں میں یا رُک جانے کا اشارہ کر کے تعلقات کا اظہار کرتا۔ لیکن چونکہ ان باتوں میں سے کوئی بھی نہیں ہوئی۔ لہٰذا مجھے قطعی غلط فہمی ہوئی ہے۔

اس کے بعد مَیں اُس شخص کے متعلق سب کچھ بھول گیا۔

اس کے کچھ عرصے بعد۔ ایک روز سہ پہر کے وقت ملازم ایک شخص کو میرے مطب میں لے کر آیا۔

وہ بہ مشکل دہلیز پر سے گزرا ہوگا۔ کہ بے انتہا حیرت کے عالم میں مَیں اس کے خیر مقدم کے لئے اُٹھ کھڑا ہُوا۔ یہ میرا وہی نامعلوم شخص تھا۔ جس مشابہت نے اتنے عرصے مجھے پریشان کئے رکھا تھا۔ ایک مرتبہ پھر اس قدر نمایاں معلوم ہوئی۔ کہ مَیں ہاتھ بڑھا کر یوں اس کی طرف چلا۔ گویا وہ میرا آشنا سا ہے۔ وُہ کچھ متحیر سا معلوم ہُوا۔ مَیں نے ایک کرسی کی طرف اشارہ کیا۔ اور تقریباً لڑکھڑاتی زبان میں بولا:

"معاف کیجئے گا۔ آپ کی مشابہت ایسے حیرت انگیز طور پر . . ."

وہ تیز اور رُکی ہوئی نظروں سے مجھے تک رہا تھا۔ ان کے رُعب سے مَیں نے اپنا فقرہ ناتمام چھوڑ دیا۔ اور اس کے بدلے کہا:

"مَیں آپ کی کیا خدمت کر سکتا ہوں؟"

وہ بے حس و حرکت بیٹھا ہُوا تھا۔ ہاتھ کرسی کے بازوؤں پر رکھے ہوئے تھے۔ جواب میں فوراً

کچھ نہ بولا۔ اُدھر مَیں پھر یہ دماغ کاوی شروع کرنے ہی کو تھا: "کہ مَیں نے اسے کہاں دیکھا ہے"۔ جو ایک خیال یا یوں کہو۔ کہ ایک انوکھا تصور بجلی کی طرح میرے دماغ میں یک بخت چمک اُٹھا۔ اتنا حیرت ناک تصور کہ مَیں اچنبھے کے عالم میں چلا اُٹھا۔ "مَیں جانتا ہوں"۔ آخر مَیں نے اس کا پتہ چلا ہی لیا۔ اس زندہ آدمی کے شانوں پر مَیں نے اس سر کو پہچان لیا تھا۔ جو ایک روز شام کو تاریکی میں۔ مجھے کتابوں کی الماری پر دکھائی دیا تھا۔ دونوں میں مشابہت ہی نہ تھی۔ دونوں چہرے قطعی ایک تھے۔ مطابقت اتنی عجیب و غریب تھی۔ کہ اس کے خیال میں مَیں کچھ نہ سن سکا۔ کہ وہ کیا کہہ رہا ہے۔ چنانچہ اس کے کچھ دیر تک باتیں کر چکنے کے بعد مَیں نے اس کے معاملے کو سننا شروع کیا۔

"۔۔۔ میرا خیال ہے۔ کہ میری حالت کبھی معمولی انسانوں کی سی نہ تھی۔ بچہ ہی تھا۔ تو میرے

احساسات دوسرے لڑکوں سے بہت مختلف ہوتے تھے۔ یک لخت جی چاہتا۔ کہیں بھاگ جاؤں کہیں چھپ جاؤں۔ اکیلا رہ جاؤں۔ بعض وقت بے اختیار دل میں یہ ارمان شدت سے پیدا ہوتا۔ کہ مجنوں بن رہوں۔ ایسی وحشیانہ لذتوں سے لطف اندوز ہوں۔ کہ اپنے آپ کو بھول جاؤں۔ کئی مرتبہ کسی وجہ سے یا بلا وجہ اچانک اتنے غصے اور جوش میں آجاتا کہ سُدھ نہ رہتی۔۔۔ مجھے سمندر کے کنارے بھیجا گیا۔ پہاڑوں پر بھیجا گیا۔ پر کسی طرح افاقہ نہ ہُوا۔ اب یہ عالت ہے کہ ذرا سے کھڑکے سے چونک اٹھتا ہوں۔ تیز روشنی سے مجھے دُکھ کی سی تکلیف ہوتی ہے۔ کئی ڈاکٹروں کے پاس جا چکا ہوں۔ ویسے سب اعضاء درست ہیں۔ پر میرا سارا جسم دُکھتا رہتا ہے۔ سوتا بھی ہوں۔ تو صبح کو ایسا تھکا ہارا اٹھتا ہوں۔ گویا تمام رات لہو ولعب میں گذری ہے۔ اکثر اوقات ایک ذہنی کرب کی کیفیت مجھ پر طاری ہو جاتی ہے۔ اس کی کوئی وجہ سمجھ

ہیں نہیں آتی۔ پر اس سے میرا سر گھومنے لگتا ہے۔ سو نہیں سکتا۔ سوتا ہوں تو بھیانک خواب ستانا شروع کر دیتے ہیں۔۔۔"

"آپ شراب تو نہیں پیتے؟"

"مجھے شراب سے اور الکحل کی ہر قسم سے گھن ہے پانی کے سوا کچھ نہیں پیتا۔ پر ابھی بدترین بات میں نے آپ کو نہیں بتائی۔۔۔ وہ کیا شے ہے۔ جو واقعی مجھے اپنے متعلق اندیشہ ناک معلوم ہوتی ہے۔۔۔ کوئی میری ذرا سی بات کی۔ ایک نگاہ کی۔ ایک اشارے کی کسی ہی چیز کی ایک دفعہ تردید کر دے۔ تو یک لخت مجھ پر غیظ و غضب کا جنون سا طاری ہو جاتا ہے۔ اس لئے اسلحہ پاس نہ رکھنے میں بڑا محتاط رہتا ہوں۔ کسی ایسے ہی موقع پر شاید ان کو کام میں لانے کی ترغیب پر غالب نہ آسکوں + ایسا معلوم ہوتا ہے۔ کہ ان اوقات میں میری قوت ارادی میرا ساتھ چھوڑ دیتی ہے۔ گویا کسی اور کی قوت ارادی اس کی جگہ لے لیتی ہے۔ بس وہ

مجھے اُکسا کر بڑھائے لئے جاتی ہے۔ مجھے اپنے اوپر قابو نہیں رہتا۔ اور پھر جب مَیں اپنے آپے میں آتا ہوں۔ تو مجھے اس کے سوا اَور کچھ یاد نہیں ہوتا۔ کہ مَیں کسی کو مار ڈالنا چاہتا تھا! اگر گھر پر موجود ہوں۔ اور اس قسم کی نازک حالت مجھ پر قابو پا جائے۔ تب تو مَیں اپنے کمرے کو بند کر کے اندر محفوظ بیٹھ سکتا ہوں۔ پر بعض اوقات ایسا اتفاق ہوتا ہے۔ کہ مَیں گھر سے باہر ہوتا ہوں۔ اس وقت مجھے کچھ خبر نہیں ہونے پاتی۔ کہ کیا گذر رہی ہے بس معلوم ہوتا ہے تو اتنا۔ کہ بعض اوقات رات کے وقت کسی انوکھے مقام میں بنچ پر اکیلا بیٹھا ہوا ہوں۔ پھر مجھے غیظ و غضب کی وہ کیفیت یاد آتی ہے۔ جو محسوس ہوئی تھی۔ بعد کی تھکن کو اس سے منسوب کر لیتا ہوں۔ یہ تو کسی طرح یاد آتا نہیں۔ کہ کیا کیا تھا۔ چنانچہ دل ہی دل میں حیران ہونے لگتا ہوں۔ کہ کوئی جُرم تو نہیں کر بیٹھا۔ دوڑا ہُوا۔ گھر پہنچتا ہوں۔ اور دروازے بند کر کے بیٹھ رہتا ہوں۔ جہاں کسی نے گھنٹی بجائی۔ میرا

دل زور سے دھک دھک کرنا شروع کر دیتا ہے۔ دنوں سکون قلب نصیب نہیں ہونے پاتا۔ اس کے بعد کہیں یہ یقین آتا ہے۔ کہ ایک مرتبہ پھر اپنے ہاتھوں آپ بچ نکلا ہوں ۔ ڈاکٹر صاحب آپ نے سمجھ لیا ہوگا کہ یہ صورت حالات ایسی نہیں۔ کہ اس کی فکر نہ کی جائے اس سے نہ صرف میری صحت بگڑ جائے گی۔ بلکہ ہوش حواس بھی بس میں نہ رہیں گے . . . اب میں کروں تو کیا کروں؟"

میں نے جواب دیا" یہ کوئی ایسی خطرے کی بات نہیں۔صرف عصبی کمزوری کے آثار معلوم ہوتے ہیں۔ علاج سے دور ہو جائے گی۔ چنانچہ اس کے اسباب دریافت کرنے چاہئیں۔ آپ بہت زیادہ محنت کرتے ہیں؟ . . . نہیں . . . آپ کی زندگی میں کوئی ایسی بات گذری ہے۔جس سے اعصاب پر خاص اثر پڑ سکتا ہو؟ . . نہیں . . . کوئی بے اعتدالی؟ . . . کوئی نہیں . . . ڈاکٹروں سے کسی قسم کا حجاب نہیں ہونا

چاہیئے . . ."

وہ بولا "میں نے سب کچھ من وعن بیان کر دیا ہے"۔

اور اس کی آواز اعتماد انگیز تھی۔

"تو پھر دوسرے اسباب پر غور کرنا چاہیئے۔ آپ کے کوئی بھائی بہن ہے؟ . . . نہیں . . . آپ کی والدہ زندہ ہیں؟ . . . ہیں . . . ان کو بھی غالباً کمزوریٔ اعصاب کی شکایت ہو گی؟ . . . بالکل نہیں . . . اور آپ کے والد؟ . . . وہ بھی خوب تندرست و توانا ہیں؟"

بڑی ہلکی آواز میں اس نے جواب دیا:

"میرے والد مر چکے ہیں"۔

"جوانی ہی میں انتقال ہو گیا تھا؟"

"جی ہاں۔ میں اس وقت صرف دو سال کا ہوں گا"

"کچھ معلوم ہے کس مرض سے انتقال ہوا تھا؟"

معلوم ہوتا تھا۔ اس سوال کا اس پر بہت زیادہ

اثر ہوا ہے۔ کیونکہ اس کا رنگ بالکل پیلا پڑ گیا۔ اس وقت مجھے ہمیشہ سے زیادہ واضح طور پر اس کی اور اس چہرے کی جو مجھے دکھائی دیا تھا۔ مشابہت معلوم ہوئی۔ ذرا سے توقف کے بعد اس نے جواب دیا:

"جی ہاں . . . اور اسی باعث میں اپنی حالت سے خائف ہوں۔ میں جانتا ہوں۔ میرے باپ کا انتقال کیونکر ہوا تھا۔ وہ گلوٹین پر مارے گئے تھے۔"

مجھے بڑا ہی افسوس ہوا۔ کہ خواہ مخواہ تحقیق کرتا کرتا یہاں تک پوچھ بیٹھا۔ چاہا کہ اب یہ قصہ ٹلا کر کوئی اور تذکرہ چھیڑ دوں۔ پر اب دونو ایک دوسرے کے دل کی بات سمجھ چکے تھے۔ میں نے ایسی باتیں کرنے کی کوشش کی۔ جن سے میرے اس احساس کا پتہ نہ چلنے پائے۔ اور مریض کے دل میں امید پیدا ہو۔ ساتھ ہی اُسے بعض ضروری ہدایات دیں۔ نسخہ بھی لکھ دیا۔ اور کہا کہ اپنے اوپر اعتماد رکھنا۔ گھبرانا نہیں۔ اور جلد ہی پھر مجھ سے ملنے کو آنا۔ جب میں اسے پہنچانے دروازے

تک گیا۔ تو میں نے ملازم سے کہا:

"آج میں اور کسی شخص سے ملاقات نہ کروں گا۔"

میری حالت ایسی نہ تھی۔ کہ کسی مریض کا حال سُن سکتا یا اس کا معائنہ کرتا۔ دماغ اُلجھ رہا تھا۔ . . وہ سبز جوڑ دکھائی دیا تھا . . . اُس کی مشابہت . . . پھر یہ اعتراف . . . میں بیٹھ گیا۔ اور اپنے خیالات کو مجتمع کرنے کی کوشش کرنے لگا۔ ذرا سی دیر میں محسوس ہوا۔ کہ بار بار نظریں آپ سے آپ اُٹھ کر کھوپڑی پر جم رہی ہیں۔ بہتیری کوشش کی۔ کہ پھر وہ انوکھی مشابہت نظر آ جائے۔ جس نے اتنے عرصے پریشان کئے رکھا تھا پر اس کے پُراسرار نقاب کے سوا اور کچھ نظر نہ آیا۔ پھر بھی میں اپنی نظریں اس پر سے نہ ہٹا سکا۔ سر۔ بے مجھے کھینچ رہا تھا۔ اس نے مجھے جکڑ رکھا تھا . . . انجام کار میں کرسی پر سے اٹھا۔ اور جا کر الماری پر سے اسے اُتار لیا۔

اس وقت میں نے اُسے ہاتھوں میں جو اُٹھایا تو مجھے ایک غیر معمولی چیز نظر آئی۔ جو اب تک میری نظر

سے بچی ہوئی تھی۔ گدی پر ایک چوڑا اچھلا اور گہرا نشان تھا جیسے کسی نے زور سے کلہاڑا مارا ہو۔ یا جیسے گلوٹین پر سر قلم ہوا ہو۔ اور اس عظیم لمحے میں جبکہ گلوٹین کا پھل گردن پر آ کر پڑتا ہے۔ مقتول کا جسم فطرت کے تقاضے سے ڈر کے مارے ذرا پیچھے کو سرک گیا ہو۔

ممکن ہے۔ یہ محض اتفاق ہو۔ یا شاید اس کی یوں توجیح کر دی جائے۔ کہ میں نے بے دھیانی میں اپنے اس مریض کا چہرہ پہلے کہیں راستے میں دیکھ لیا تھا۔ اور اس طرح جو نقش تحت الشعور میں آ کر میرے ذہن میں رہ گئے تھے۔ اس رات نظروں کے سامنے آ گئے۔ جب میں کھوپری کو دیکھ رہا تھا۔ اور مجھے سر دکھائی دیا تھا۔ . . شاید یوں ہی ہو. . . شاید؟ . . . لیکن آپ کو علم ہے۔ کہ کئی اسرار ایسے ہیں۔ جن کو حل کرنے کی کوشش نہ کرنا ہی دانشمندی ہے ⁂

ٹھاٹھ...

ٹھنڈ کے مارے پنڈا نیلا پڑا ہوا تھا۔ اس روز صبح کو گاڑیوں کے دروازے کھولنے اور بند کرنے کی خدمت کر کے جو چند پیسے کمائے تھے۔ جیب میں ہاتھ ڈال کر۔ انہیں مٹھی میں بھینچ رکھا تھا۔ سرد ہوا جیسے کاٹے کھا رہی تھی۔ جھونکوں سے بچنے کے لئے سر کو کندھے پر جھکا رکھا تھا۔ اور یوں تیز گام اژدہام میں فقیر چلا جا رہا تھا۔ اتنا تھک چکا تھا کہ کسی کو مخاطب کرنے کی سکت نہ رہی تھی۔ اتنا ٹھٹھر گیا تھا کہ بھیک مانگنے کو ہاتھ جیب سے نکالنا دوبھر تھا۔

برف روئی کے گالوں کی طرح اِدھر اُدھر اُڑ رہی تھی۔ کبھی اس کی ڈاڑھی میں اُلجھ جاتی کبھی گردن پر پگھل جاتی۔ اُسے اِس کا خیال بھی نہ تھا۔ اپنے ہی خوابوں میں کھویا ہؤا تھا:

"کہیں میں امیر ہو جاتا۔ بس اک گھنٹہ بھر کے لئے ... تو میرے پاس گاڑی ہوتی ..."

تھم گیا۔ پل بھر کچھ سوچا۔ سر ہلا دیا۔ اپنے آپ سے پوچھنے لگا:

"اَور اَور کیا ہوتا؟ ..."

تنعم کے مختلف تصورات دماغ میں سے گذر گئے۔ پر ہر بار جب کوئی آرزو بنا لیتا۔ تو نا تسلی بخش انداز سے بازو جھٹک دیتا۔

"یوں تو کچھ بھی نہیں ... پھر کیا سچی خوشی کا ایک پل حاصل کرنا بھی اتنا کٹھن ہے ..."

... یوں ہی گرتا پڑتا چلا جا رہا تھا۔ کہ دیکھا ایک دوسرا فقیر ایک مکان کی پچھے وار ڈیوڑھی میں

بیٹھا سردی سے کانپ رہا ہے۔ چہرے پر حسرت برس رہی ہے۔ ہاتھ پھیلا رکھے ہیں۔ یکساں آواز سے دھیرے دھیرے صدا لگا رہا ہے۔ مگر آواز اس قدر کمزور ہے کہ بازار کے شور و غوغا میں معلوم بھی نہیں ہوتی:

"لوگو راہِ مولا کچھ دیتے جاؤ... کچھ بخشتے جاؤ...!"

پاس ہی ایک کتا بیٹھا ہے مسکین سا۔ مٹی میں لت پت۔ دُم ہلانے کی کوشش کر رہا ہے۔ اور ناتواں آواز میں بھونکتا ہے۔ تو آپ ہی آپ کانپ اُٹھتا ہے فقیر تھم گیا۔ اس دوسرے صیدِ آلام کو دیکھ کر کُتا اس سے ناک رگڑنے لگا۔ اور ذرا زور سے بھونکا۔

فقیر غور سے اندھے کو دیکھتا رہا۔ کہ چیتھڑے پہن رکھے ہیں۔ پھٹے پُرانے جُوتے ہیں۔ ہاتھ ٹھنڈ کے مارے نیلے پڑ گئے ہیں۔ چہرہ حسرت ناک اور بے روح سا ہے۔ جس پر بند آنکھیں ہیں سینے پر ایک حنائی اشتہار ہے۔ جس پر صرف ایک لفظ "اندھا" لکھا ہے۔

اندھے نے یہ محسوس کر کے کہ اس کے سامنے کوئی رُک گیا ہے۔ پھر اپنی فریادی صدا لگانی شروع کر دی:

"حضور مدد کیجئے . . . دُکھی اندھے پر رحم فرمائیے . . ."

فقیر بے حس و حرکت کھڑا تھا۔ آنے جانے والے وہاں پہنچ کر تیز قدم اُٹھانے لگتے۔ اور منہ موڑ کر نکل جاتے۔ ڈیوڑھی میں سے ایک عورت نکلی۔ پوستین سے لدی ہوئی تھی۔ باوردی ملازم نے اس کے سر پر چھتری لگا رکھی تھی۔ خود اس نے ایک سمور سے اپنا چہرہ محفوظ کر رکھا تھا۔ پنجوں کے بل چل کر گاڑی تک پہنچی۔ اور اس میں سوار ہو کر نظروں سے اوجھل ہو گئی۔

اندھا اپنی یکساں آواز میں مسلسل فریاد کئے جا رہا تھا:

"لوگو مدد کرو . . . خدا کے نام پر ایک پیسہ دیتے جاؤ . . ."

پر کوئی اس کی طرف توجہ نہ کرتا تھا۔ ذرا سی دیر کے بعد فقیر نے اپنی جیب سے دو چار پیسے نکالے اور اندھے کی طرف ہاتھ بڑھایا۔ کُتّے نے دیکھ لیا۔ اور خوشی سے بھونکنے لگا۔ اندھے نے کانپتی انگلیوں سے پیسے ہاتھ میں لے لئے اور بولا:

"اے حضور تم جیتے رہو۔ ۔ ۔ اللہ تمہیں اس کا اجر دے ۔ ۔ ۔"

یہ دیکھ کر کہ اندھا اسے حضور کہہ کر مخاطب کر رہا ہے۔ فقیر کہنے ہی کو تھا:

"بھائی مَیں حضور نہیں۔ تمہاری طرح ایک مصیبتوں کا مارا ہوا بدنصیب ہوں ۔ ۔ ۔"

پر اپنے آپ کو روک لیا۔ جانتا تھا۔ لوگ اندھوں کو کیونکر مخاطب کیا کرتے ہیں۔ بولا:

"بابا بہت تھوڑا ہے ۔ ۔ ۔"

"اے حضور آپ کتنے دردمند ہیں ۔ ۔ ۔ اتنی ٹھنڈ پڑ رہی ہے۔ اور میری خاطر آپ نے اپنا ہاتھ

جیب سے باہر نکالا . . . کچھ نہ پوچھئے اپاہجوں کے لئے یہ کس بلا کا موسم ہے . . . ہائے اگر کہیں لوگوں کو معلوم ہوتا . . ."

فقیر کے دل میں رحم کا ایک چشمہ سا پھوٹ پڑا منہ ہی منہ میں بولا:

"جانتا ہوں . . . جانتا ہوں . . ."

اس اپنے سے بھی زیادہ فلاکت زدہ شخص کے مقابلے میں اپنی غربت کو بھول گیا۔ پوچھنے لگا:

"تم پیدائشی اندھے ہو؟"

"نہیں حضور . . . جوانی کے ساتھ بینائی بھی جاتی رہی . . . ہسپتال میں کہتے تھے ضعیفی کا اثر ہے . . . شاید موتیا بند کے مرض کا نام لیتے تھے . . . پر مجھے معلوم ہے۔ اصل بات کیا ہے . . . جانتا ہوں۔ صرف ضعیفی ہی نے اندھا نہیں بنایا . . . مجھ پر بڑی بڑی مصیبتیں گذری ہیں . . . میں نے بہت آنسو بہائے ہیں . . ."

"بہت دکھ سہے ہیں تم نے؟"

"حضور کچھ نہ پوچھئے ... ایک ہی برس میں بیوی۔ بیٹی اور دو بیٹے گذر گئے ... دنیا میں جن سے مجھے پیار تھا ... اور جن کو میں پیارا تھا۔ سبھی اٹھ گئے خود بھی اَدھ مُوَا ہو گیا تھا۔ پر رفتہ رفتہ سنبھل گیا ... کسی کام کے قابل نہ رہا تھا۔ بس غربت نے آلیا ... کوڑی کوڑی کو محتاج ہو گیا۔ بعض بعض دن کھانے کو بھی کچھ نصیب نہیں ہوتا۔ کل سے کچھ نہیں کھایا۔ ایک ذرا سا سوکھی روٹی کا ٹکڑا نصیب ہوا تھا۔ اس میں سے آدھا کُتّے کو دے ڈالا ... آپ نے جو پیسے دئے ہیں۔ ان سے آج رات اور کل کے لئے تھوڑی سی اور روٹی خرید لوں گا۔"

اندھے کی باتیں سن رہا تھا۔ اور فقیر جیب میں پونجی کو ٹٹول رہا تھا۔ چاہتا تھا۔ کہ چھو چھو کر پیسوں اور اکنیوں میں فرق معلوم کرے۔ اور گن لے کہ کیا کچھ موجود ہے۔ ساڑھے گیارہ آنے کے پیسے موجود تھے۔ بولا:

"میرے ساتھ آؤ۔ یہاں بڑی ٹھنڈ ہو رہی ہے
میں تمہارے کھانے کا بندوبست کیئے دیتا ہوں۔"
خوشی کے مارے اندھے کا چہرہ تمتما اٹھا۔ لڑکھڑاتی
زبان سے بولا:
"اے حضور۔۔۔ بڑے سخی ہیں آپ۔۔۔"
"آؤ۔۔۔"
احتیاط برتی کہ اندھے کو یہ نہ معلوم ہونے پائے
کہ خود اپنے کپڑے کیسے ہلکے اور تر بتر ہیں۔ اس کا ہاتھ
اپنے ہاتھ میں لے لیا۔ اور دونوں روانہ ہوگئے۔ آگے
آگے کتا جا رہا تھا۔ سر اُٹھا رکھا تھا۔ کان کھڑے کر رکھے
تھے۔ جب کسی ایسی سڑک پر سے گزرتے جہاں بھیڑ
زیادہ ہوتی۔ تو زور لگا لگا کر زنجیر کو کھینچنے لگتا۔ اسی
طرح بہت دیر تک چلتے رہے۔ آخر شاہراہ سے ہٹ
کر ویران سی سڑک پر ایک رستوراں کے سامنے رک
گئے۔
فقیر نے دروازہ کھولا۔ اور اندھے سے کہا۔

"اندر آجاؤ . . . "

آتش دان کے قریب ایک میز منتخب کر کے فقیر نے اندھے کو بٹھا دیا۔ اور اس کے قریب خود بھی کرسی پر بیٹھ گیا۔

چند مزدوری پیشہ لوگ چپ چاپ بیٹھے چند چھوٹی چھوٹی اور بھدی رکابیوں میں سے بڑی بے تابی سے کھانا کھا رہے تھے۔ اندھے نے کُتے کے گلے میں سے رسّی الگ کر دی۔ اور ہاتھ آگ کے سامنے پھیلا دیے۔ آہ بھر کر بولا:

"یہاں کیسا آنند ہے . . . "

فقیر نے خدمتگار لڑکی کو بلایا۔ اور تھوڑا سا شوربا اور گوشت لانے کو کہا۔ لڑکی نے پوچھا:

"اور تم خود کیا کھاؤ گے؟"

"کچھ نہیں"۔

ذرا سی دیر میں شوربا اور گوشت لا کر سامنے رکھ دیا گیا۔ شوربے کی خوشبو بڑی اشتہا انگیز تھی۔ اندھا

چپ چاپ آہستہ آہستہ کھانے لگا۔ فقیر بیٹھا اسے تکتا رہا۔ ہاتھ میز کے نیچے کر رکھے تھے۔ روٹی کے ٹکڑے توڑ توڑ کر کتے کے آگے ڈالتا جاتا تھا۔ گوشت اور شوربا ختم ہو گیا۔ تو فقیر بولا:

"کچھ پی بھی لو۔ ٹانگوں میں جان سی پڑ جائے گی"۔

ذرا سی دیر بعد خدمت گار کو بلایا:

"کتنی رقم بنی؟"

"ساڑھے دس آنے"۔

ادا کر دئے۔ باقی کا ایک آنہ خدمت گار کو دے دیا۔ اور پھر اپنے ساتھی کو ہاتھ پکڑ کر اٹھایا۔ جب دونوں سڑک پر آن پہنچے۔ تو پوچھنے لگا:

"کہیں دور رہتے ہو؟"

"ہم ہیں کہاں؟"

"سان لزارا اسٹیشن کے پاس"۔

"خاصی دور ہے دریا کے اُس پار ایک سائبان

ہے۔اس میں پڑ رہا کرتا ہوں"۔

"تھوڑی دور تک میں تمہارے ساتھ چلتا ہوں"۔

اندھا شکریہ ادا کرتا رہا۔وہ بولا:

"نہیں ... نہیں ... اس میں احسان کیا ہوتا..."

نہ جانتا تھا کیوں۔پر خوش تھا۔بے حد خوش۔ اتنا خوش کہ پہلے کبھی نہ ہوا تھا۔طرح طرح کے خیالات و تصورات میں محو چلا جا رہا تھا۔اور یہ بھی بھول چکا تھا۔ کہ کل سے اپنے اوپر فاقہ گذر رہا ہے۔رات کو کمر سیدھی کرنے کو ٹھکانا تک میسر نہیں۔اپنی مصائب۔اپنے چیتھڑے۔اپنا افلاس سب بھولا ہوا تھا۔

ذرا ذرا سی دیر بعد بڑے اخلاق سے اندھے سے پوچھ لیتا۔

"میں بہت تیز تو نہیں چل رہا؟ تھک تو نہیں گئے؟"

بے چارہ اندھا اس لطف و کرم پر بچھا جا رہا

تھا۔ جواب دیتا:

"نہیں۔ نہیں . . . حضور کیا فرماتے ہیں . . ."

فقیر ہنس پڑا۔ یوں مخاطب کئے جانے پر بے حد مسرور تھا۔ دوسرے کو جس فریب سے لطف اندوز کر رہا تھا۔ خود متمول اور سخی ہونے کے جس انوکھے احساس سے لذت اُٹھا رہا تھا۔ اس سے قلب کو تسکین اور راحت حاصل ہو رہی تھی . . .

گھاٹ پر دریا کے قرب کی وجہ سے ہوا خنک اور نمناک تھی۔ اندھا بولا:

"اب میں اکیلا راستہ ڈھونڈھ لوں گا۔ کُتا ساتھ ہے"۔

فقیر نے تاثر سے کہا۔ "ہاں اب میں رخصت ہوتا ہوں"۔

ایک انوکھا خیال اس کے دل پر مستلط تھا۔ تم جس ٹھاٹھ کے اکثر سپنے دیکھا کرتے تھے۔ جس کی آرزو تمہیں اس قدر بے چین کئے رکھتی تھی۔ کیا وہ خواب

آج حقیقت نہیں بن گیا؟ آخر کار آج تم نے پوری پوری خوشی کا لطف چکھ لیا۔ اس آخری گھنٹے میں تم نے اتنی مسرت حاصل کر لی۔ کہ نمول اور یہ لطف غذا اُڑاں اور محبت کے وحشیانہ خوابوں میں بھی کبھی جھلکتی نہ دیکھی تھی۔ اس اندھے کو گمان بھی نہ گذرا تھا۔ کہ وہ ایک اپنے ہی سے مفلس شخص کے بازو کا سہارا لئے چلا جا رہا ہے . . . کیا تمہیں خود بھی اپنی امارت پہ یقین نہ آ گیا تھا! اور کیا پھر کبھی بھی اس رات کی سی گہری اور خالص خوشی سے لذت اندوز ہونے کی اُمید کر سکتے ہو؟

لیکن یہ سرور کے جذبات زیادہ دیر نہ رہے یک بخت حقیقت کا احساس لوٹ آیا۔ اس نے دوبارہ کہا:

"ہاں . . . اب میں رخصت ہوتا ہوں"۔

پُل کے درمیان میں پہنچ گئے تھے۔ فقیر رُک گیا ایک مرتبہ پھر جیب ٹٹولی۔ کہ شاید اتفاق سے کوئی پیسہ بچ رہا ہو۔ ایک بھی باقی نہ بچا تھا . . ."

اس نے اندھے کا ہاتھ اپنے ہاتھ میں لے کر گرمجوشی سے دبایا۔ اندھا بولا:

"حضور کس منہ سے آپ کا شکریہ ادا کروں"۔

"میں اس قابل نہیں ہوں۔ سردی ہو رہی ہے جلدی سے گھر پہنچ جاؤ۔ زیادہ خوشی تو مجھ کو ہوئی ہے۔ خدا حافظ . . ."

چند قدم واپس لوٹا۔ تھم گیا۔ آنکھیں گاڑ کر نیچے کالے کالے اور دور تک پھیلے ہوئے پانی کو دیکھا۔ اور ایک بار پھر بلند آواز میں بولا:

"خدا حافظ . . ."

اور یک لخت اچھل کر جنگلے پر چڑھ گیا . . .

. . . دھائیں سی آواز آئی۔ اور پانی بڑے زور سے اِدھر اُدھر اُڑا . . . اور پھر آوازیں سنائی دینے لگیں . . . آنا آنا! . . . دریا کے کنارے پر پہنچنا!

اِدھر اُدھر سے لوگ دوڑ پڑے اور اندھے کو دھکیلتے ہوئے پل پر آن پہنچے۔ اندھے نے پوچھا۔ کیا بات

ہے؟ کیا ہُوا؟"
ایک بازاری شخص اندھے سے ٹکرا گیا تھا بغیر رُکے یہ کہتا ہُوا چلا گیا:
"کوئی فقیر ڈوب مرا ہے"
اندھے نے اضمحلال کے انداز سے اپنے شانوں کو جھٹکا اور بولا:
"اس میں کم از کم جرأت تھی۔ اس میں جرأت تھی . . . ."

_____

لال لیمپ کی روشنی میں

وہ آتش دان کے قریب ایک بڑی سی آرام کرسی پر بیٹھا ہوا تھا۔ کہنیاں گھٹنوں پر ٹکا رکھی تھیں۔ آگ تاپنے کے لئے ہاتھ آگے کو بڑھا دئے تھے۔ اور آہستہ آہستہ بول رہا تھا۔ بار بار خود ہی یک لخت اپنا قطع کلام کر دیتا۔ ہلکے ہلکے کہتا۔ "ہا... ہا..." یہ معلوم ہوتا گویا اس دوران میں اپنے منتشر خیالات کو جمع کرنے کی کوشش کر رہا ہے۔ اور پرانی یادوں کی صحت کے متعلق اطمینان کرنا چاہتا ہے۔ پھر اپنی تقریر شروع کر دیتا۔

پاس ہی جو میز رکھی تھی۔ کاغذوں۔کتابوں اور
طرح طرح کی چھوٹی موٹی چیزوں سے لدی ہوئی تھی
لمپ کی بتی نیچی کر رکھی تھی۔ آگ کی روشنی میں مجھے
اس کے پیلے چہرے اور لمبے اور منحنی ہاتھوں کے
سوا اور کچھ نظر نہ آرہا تھا۔

قالین پر ایک بلی لیٹی خُرخُر کر رہی تھی۔
آتش دان میں لکڑیاں چٹخ چٹخ کر انوکھی وضع کے شعلے
نکال رہی تھیں۔ اور بس یہی آوازیں تھیں۔جن سے
خاموشی لوٹ لوٹ جاتی تھی۔ وہ اس انداز سے بول
رہا تھا۔کہ معلوم ہوتا تھا۔اس کی آواز کہیں دور سے
آرہی ہے۔جیسے کوئی نیند میں باتیں کر رہا ہے۔

ہاں ... یہ میری بہت بڑی سب
سے بڑی بدنصیبی تھی۔میں کوڑی کوڑی کو محتاج ہو
جاتا۔صبر کر لیتا۔میری صحت غارت ہو جاتی . . .
کچھ اور جاتا رہتا . . . سبھی کچھ جاتا رہتا۔برداشت
کر لیتا۔پر یہ نہ ہوتا! جس عورت سے محبت بندگی کی

حد تک پہنچی ہوئی ہو۔ اس کے ساتھ دس سال تک زندگی بسر کرتا۔ اور اسے دم توڑتے ہوئے دیکھنا۔ اور پھر زندگی سے نپٹنے کے لئے اکیلے . . . بالکل اکیلے رہ جانا . . . یہ میری برداشت سے باہر تھا . . . چھ مہینے ہوئے کہ وہ مر گئی . . . معلوم ہوتا ہے۔ مدتیں گذر گئی ہیں! اور پہلے دن کس قدر مختصر ہوا کرتے تھے . . . میں کہتا ہوں۔ کچھ عرصہ علیل ہی رہتی۔ کسی طرح مجھے یہی معلوم ہو جاتا۔ کہ کسی قسم کا خطرہ ہے! . . . یوں کہنا بھلا تو نہیں معلوم ہوتا۔ لیکن پہلے سے علم ہو جاتا ہے۔ تو انسان برداشت کے لئے آمادہ سا رہتا ہے۔ ہے نہ؟ . . . جو کچھ پیش آنے والا ہوتا ہے۔ دل اسی کے مطابق اپنے آپ کو تیار کر لیتا ہے . . . اس خیال سے مانوس سا ہو جاتا ہے . . . لیکن یہاں تو . . . "

میں نے کہا: "مگر مجھے تو کچھ ایسا خیال ہے۔ کہ تمہاری بیوی کچھ عرصے تک بیمار رہی تھی۔"

اس نے اپنا سر ہلایا:

"نہیں نہیں۔ بیمار کہاں رہی . . . سب کچھ اچانک ہی ہوگیا . . . ڈاکٹر اتنا بھی معلوم نہ کر سکے۔ کہ شکایت کیا ہے . . . سب کچھ دو ہی روز میں ہو کر قصہ تمام ہوگیا۔ اس وقت سے مجھے معلوم نہیں کہ مَیں آخر کیوں اور کس طرح جی رہا ہوں۔ سارے دن گھر میں اِدھر سے اُدھر اس تلاش میں پھرتا رہتا ہوں کہ اس کی کوئی یادگار رہ جائے۔ جسے نہیں پا سکتا۔ یہ سمجھتا رہتا ہوں۔ کہ وہ کسی پردے کے پیچھے سے یکایک نکل کر میرے پاس آجائے گی۔ خالی کمرے میں اس کی خوشبو کا ایک جھونکا میرے لئے آنکلے گا . . ."

اس نے اپنے ہاتھ میز کی طرف بڑھا دئے:

"دیکھو کل مجھے یہ ملا . . . یہ نقاب میرے ایک کوٹ کی جیب میں تھا۔ ایک روز رات کو تھیئٹر گئے تھے۔ وہاں اس نے اتار کر میرے پاس رکھوا دیا تھا۔ اب اپنے آپ کو یقین دلانا چاہتا ہوں۔ کہ اس

میں اب تک اس کی خوشبو موجود ہے۔ اس کے چہرے کے مس سے یہ اب تک گرم ہے . . . لیکن کہاں! کچھ نہیں رہا . . . بس ایک غم ہے . . . پر کچھ اور بھی ہے۔ اتنی بات ہے کہ . . . کہ . . .

صدمہ کی پہلی یورش میں انسان کو طرح طرح کی باتیں سوجھتی ہیں . . . تمہیں یقین نہ آئے گا۔ کہ جب وہ بسترِ مرگ پر پڑی تھی۔ تو میں نے اُس کی تصویر اُتار لی تھی۔ میں سفید اور خاموش کمرے میں اپنا کیمرا لے گیا اور میگنیشیم کا تار روشن کر دیا۔ غم سے بے حد نڈھال تھا۔ پر میں نے بے انتہا احتیاط اور توجہ سے وہ باتیں کیں۔ جن سے آج شاید میں احتراز کروں۔ ایسی باتیں جن سے طبیعت قطعی گریز کرے . . . تاہم اس خیال سے بڑی تسلی ہوتی ہے۔ کہ اس کے نقش موجود تو ہیں۔ آخری روز وہ جس طرح نظر آ رہی تھی۔ اسی طرح میں اسے پھر دیکھ تو سکتا ہوں"۔

میں نے پوچھا۔ "وہ تصویر کہاں ہے؟"

آگے کو جھک کر اس نے آہستہ سے جواب دیا!

"میرے پاس نہیں ہے۔ یا یوں سمجھ لو کہ ہے ... میرے پاس پلیٹ ہے۔ میں نے اسے ڈویلپ نہیں کیا۔ ابھی تک کیمرے ہی میں ہے ... چھونے کا حوصلہ نہیں پڑا ... لیکن اسے دیکھنے کو کتنا بے تاب رہا ہوں"۔

اُس نے اپنا ہاتھ میرے شانے پر رکھا!

"سنو ... آج رات ... تمہارا ملنے کو آنا ... جس طریقے سے میں اس کے متعلق گفتگو کرتا رہا ... معلوم ہوتا ہے۔ اس سے میری حالت بہتر ہوگئی۔ جیسے مجھ میں پھر توانائی سی آگئی ہے ... اب تم۔ میں نے کہا تم ڈارک روم میں میرے ساتھ چلو گے؟ پلیٹ ڈویلپ کرنے میں میرا ہاتھ بٹاؤ گے؟"

وہ ایسی پُر اشتیاق اور منتظر نگاہوں سے مجھے تکنے لگا۔ جیسے بچہ ہے اور اس امید و بیم کی حالت میں ہے۔ کہ جس چیز کو طلب کر رہا ہے۔ کہیں اس کے دینے

سے انکار نہ کر دیا جائے۔

مَیں نے کہا "ضرور۔ شوق سے"۔

وہ جلدی سے اُٹھ کھڑا ہُوا:

"ہاں... تمہارے ساتھ ہونے سے کچھ اَور بات ہوگی... تم ساتھ ہوگے۔ تو مَیں سنبھلا رہوں گا... میرے لئے اچھا ہوگا... بہت زیادہ خوش ہوں گا... تم دیکھ لینا..."

ہم ڈارک روم میں چلے گئے۔ ننھا سا کمرہ تھا جس کی الماریوں میں بوتلیں رکھی تھیں۔ ایک دیوار کے ساتھ میز لگی تھی۔ جو شیشہ و آلات اور کتابوں سے لدی ہوئی تھی۔

ایک شمع لے کر جس سے کانپتی ہوئی روشنی نکل رہی تھی۔ وہ خاموشی کے عالم میں بوتلوں کی چیٹوں پر سے ان کے نام پڑھتا رہا۔ اور بعض ظروف کو صاف کرنے میں مصروف رہا۔

"دروازہ بند کر دو"۔

یہ تاریکی جسے صرف لال روشنی زائل کر رہی تھی۔ ایسی معلوم ہوتی تھی۔ جیسے اہم واقعات کی خزینہ دار ہے۔ انوکھے عکس بوتلوں کے پہلوؤں پر۔ اس کے مرجھائے ہوئے رخساروں پر بیٹھی ہوئی کنپٹیوں پر پڑتے نظر آرہے تھے۔ وہ بولا:

"دروازہ اچھی طرح بند ہے نہ؟ تو اب شروع کرتا ہوں"۔

اس نے ایک سیاہ سلائیڈ کھولی۔ اور اس میں سے پلیٹ نکال لی۔ اسے انگوٹھے اور بیچ انگلیوں میں کونوں پر سے باحتیاط تھام کر وہ دیر تک بڑے غور سے تکتا رہا۔ جیسے اس مخفی تصویر کو جو بہت جلد ظاہر ہونے والی تھی۔ پہلے سے دیکھ لینا چاہتا ہے۔ منہ ہی منہ میں بولا۔ "وہ اس میں ہے کیا عجیب بات ہے!"

بڑی احتیاط سے اس نے پلیٹ کو ادویات میں چھوڑ دیا اور ڈش کو ہلانے لگا۔

نہیں جانتا کیوں۔ پر مجھے ایسا معلوم ہوتا تھا۔ کہ جب ہلانے کے باعث ڈش باقاعدہ وقفوں سے میز سے ٹکراتی تھی۔ تو یہ ٹک ٹک ایک عجیب الم بھری آواز معلوم ہوتی تھی۔ ڈش میں ادویات کے ملنے سے جو رپ رپ کی آواز پیدا ہوتی۔ اسے سن کر کچھ سسکیوں کا خیال آجاتا تھا۔ میں نے اس دودھیا رنگ کے شیشے پر نظریں گاڑ رکھی تھیں۔ اور دیکھ رہا تھا۔ کہ اس کے کناروں پر رفتہ رفتہ ایک سیاہ لکیر سی اُبھری آ رہی ہے۔

اپنے دوست پر نظر ڈالی۔ تو دیکھا کہ اس کے ہونٹ کانپ رہے تھے۔ اور وہ منہ ہی منہ میں کچھ ایسے الفاظ اور فقرے بول رہا تھا جنہیں میں سُن نہ سکتا تھا۔

اس نے پلیٹ باہر نکال لی۔ اسے اپنی آنکھوں کے سامنے لایا۔ میں اس کے شانوں کی طرف جُھک گیا تھا۔ وہ بولا:

"اُبھرتی آرہی ہے ... آہستہ آہستہ ... دوا کسی قدر ہلکی ہے ... پر کیا ہُوا ... دیکھو تیز روشنی کے مقام ظاہر ہو گئے ہیں ... ٹھہرے رہو ... ابھی دیکھ لو گے ..."

پلیٹ کو پھر ڈش میں ڈال دیا۔ ایسی آواز سے جیسے کچھ چوسا گیا ہو۔ وہ دوا میں ڈوب گئی۔

ہلکا ہلکا کالا رنگ یکسانی سے تمام پلیٹ پر پھیل چکا تھا۔ وہ سر جھکائے اُسے تک رہا تھا۔ اور ساتھ ہی ساتھ تصویر کے متعلق مجھے معلومات بھی بخشتا جا رہا تھا:

"یہ کالی مستطیل پیار پانی ہے ... ذرا اوپر وہ مربع ..."

اس نے اپنی ٹھوڑی کی حرکت سے اس کی طرف اشارہ کیا ... "تکیہ ہے اور درمیان میں جو جگہ ہلکی ہلکی سیاہ نظر آرہی ہے۔ یہ جہاں سیاہی کے سامنے ہلکی سی دھاری ہے ... وہ ... دیکھو

وہ رہی صلیب جو میں نے اس کی انگلیوں میں دے دی تھی . . . میری دُکھیا بیوی . . . میری جان!

. . . ”

جذبات کی شدت سے اس کی آواز بھرا رہی تھی۔ سینہ اُبھرتا اور بیٹھ جاتا تھا۔ رخساروں پر آنسو بہ رہے تھے۔

ذرا سی دیر میں اپنے آپ کو سنبھالتے ہوئے بولا:

”باریک چیزیں بھی واضح ہوتی جا رہی ہیں۔ مجھے پھول اور روشن شمعیں نظر آ رہی ہیں . . . اس کے بال بھی۔ ہائے کتنے حسین تھے . . . ہاتھ جن پر اُسے اتنا ناز تھا . . . اور وہ ننھی سی سفید تسبیح جو مجھے اُس کی بائیبل میں سے ملی تھی . . . خداوندا ان سب چیزوں کو پھر دیکھنے سے کتنا دُکھ ہوتا ہے۔ لیکن یہ کسی نہ کسی طرح مجھے خوشی بخش رہی ہیں . . . بڑی خوشی . . . میں پھر اسے دیکھ رہا ہوں۔ اپنی جان سے

پیاری محبوبہ کو . . .''

دیکھا کہ جذبات پھر اُسے بے قابو کئے دے رہے ہیں۔ میں تسلی دینا چاہتا تھا۔ بولا:

''کیا خیال ہے۔ پلیٹ تیار نہیں ہو گئی؟''

اُس نے اُسے لمپ کے سامنے کیا۔ بڑے غور سے دیکھا۔ اور پھر دوا میں ڈال دیا۔ ذرا سے وقفے کے بعد دوبارہ باہر نکالا۔ پھر دیکھا اور پھر واپس ڈال دیا۔ منہ ہی منہ میں بولا:

''نہیں . . . نہیں . . .''

مجھے اُس کی آواز اور بُشرے میں فوری تغیر سا معلوم ہُوا۔ مگر اس کے متعلق غور کرنے کی مہلت نہ ملی۔ فوراً ہی اُس نے پھر باتیں شروع کر دیں:

''ابھی بعض تفصیلات نمایاں نہیں ہوئیں . . . کسی قدر دیر لگ گئی ہے . . . پر میں نے کہا تھا نہ دوا کمزور ہے . . . ایک ایک کرکے سب چیزیں اُبھر آئیں گی۔''

اس نے گننا شروع کر دیا۔" ایک . . . دو . . . تین . . . چار . . . پانچ . . . بس اتنا کافی ہے۔ اور زیادہ کوشش کی۔ تو کہیں بگڑ ہی نہ جائے . . ."

اُس نے پلیٹ باہر نکال لی۔ عموداً اوپر نیچے کر کے ہلائی۔ صاف پانی میں ڈبوئی۔ اور پھر میری طرف بڑھا دی۔

"دیکھو!"

مَیں اپنا ہاتھ بڑھا ہی رہا تھا۔ کہ وہ تصویر کو گھورتا گھورتا آگے کو جُھک گیا۔ تصویر عین لمپ کے سامنے کر لی۔ یک لخت اُس کا چہرہ لال روشنی میں مُردوں سے مشابہ نظر آنے لگا تھا۔ مَیں نے چلا کر کہا:

"کیا بات ہے؟ کیا بات ہے؟"

وہ پھٹی پھٹی ہیبت زدہ نظروں سے برابر تصویر کو گھورے جا رہا تھا۔ اس کے ہونٹ کچھ پیچھے کو سرک

گئے تھے۔ دانت بجتے ہوئے نظر آرہے تھے۔ مجھے سُنائی دے رہا تھا۔ کہ اس کا دل دھک دھک کر رہا ہے۔ اس طرح دھڑک رہا ہے۔ کہ کبھی اس کا جسم آگے کو اور کبھی پیچھے کو جُھک جاتا ہے۔

مَیں نے اپنا ہاتھ اس کے شانے پر رکھ دیا۔ کچھ سمجھ میں نہ آتا تھا۔ کہ اس خوفناک کرب کی کیا ممکن وجہ ہو سکتی ہے۔ مَیں نے دوبارہ چِلّا کر کہا:

"پر ہے کیا؟ بتاؤ تو۔ کیا بات ہے؟"

اُس نے چہرہ میری طرف پھیر لیا۔ یوں لٹک سا گیا تھا۔ کہ معلوم نہ ہوتا تھا۔ انسانی چہرہ ہے۔ اس کی لال انگارہ سی آنکھیں مجھ سے چار ہوئیں۔ میری کلائی کو اس زور سے پکڑ لیا۔ کہ ناخن میرے گوشت میں پیوست ہو گئے۔

تین بار منہ کھولا۔ کچھ بولنا چاہتا تھا۔ پھر تصویر کو اپنے سر پر گھمایا۔ اور اس خون آلود اندھیرے میں چیخ چیخ کر کہنے لگا:

"ہات!... ہات!... خداوندا!...
مَیں نے اُسے مار ڈالا... وہ مری نہ تھی... آنکھیں
ہل گئی ہیں!..."

اعتراف

دروازہ کھلا ہوا تھا۔ مگر میں ساکت و جامد کچھ دیر باہر کھڑا رہا۔ اور جیسے سوچتا رہا۔ کہ اندر جاؤں یا نہ جاؤں۔ جو بڑھیا مجھے بلانے کے لئے بھیجی گئی تھی۔ آخر جب اس نے دوسری مرتبہ کہا "آجائیے" تو میں داخل ہو گیا۔

پہلے پہل مجھے کچھ نظر نہ آیا۔ صرف ایک لمپ دکھائی دیا۔ جس پر اتنا لمبا فانوس تھا۔ کہ اس کی روشنی باہر نہ نکل سکتی تھی۔ پھر مجھے دیوار پر ایک ناتواں جسم کا بے حس و حرکت سایہ نظر آیا۔ نیچے نقش کا کوئی دبلا

پتلا اور لمبا شخص تکیے پر ٹیک لگائے پڑا تھا۔ کمرہ جیسے پیٹرول اور ایتھر کی ہلکی ہلکی بُو سے بھرا ہُوا تھا۔ اور سکوت مزار طاری تھا۔ بس آواز تھی تو بارش کی جو پختہ چھت پر پڑاپڑ برس رہی تھی۔ یا ہوا تھی جو خالی آتش دان میں سے سائیں سائیں کرتی گذر جاتی۔

بڑھیا ایک جگہ جھکی تو مجھے معلوم ہُوا۔ وہاں پلنگ بچھا ہے۔ آہستہ سے بولی "موسیو! موسیو! آپ نے جس شخص کو بلوایا تھا آگیا۔ ۔ ۔"

سایہ دھیرے دھیرے اٹھا۔ اور ایک دھیمی آواز نے کہا۔ "اچھی بات ۔ ۔ ۔ تم جاؤ ۔ ۔ ۔ مجھے تنہائی چاہیئے ۔ ۔ ۔"

بڑھیا نے کمرے سے نکل کر دروازہ بند کر دیا تو پھر مجھے آواز آئی:

"موسیو! اور قریب آجائیے۔ میں تقریباً اندھا ہو چکا ہوں۔ میرے کان شائیں شائیں کر رہے ہیں

کچھ سنائی نہیں دیتا۔ یہاں میرے پاس آ کر بیٹھ جایئے
دیکھئے کرسی رکھی ہوگی۔ معاف کیجئے گا۔ میں نے
آپ کو آنے کی تکلیف دی۔ مگر کیا کرتا ایک بہت
ضروری بات کہنی تھی . . . ''

اُس نے اپنا چہرہ میری طرف جھکا رکھا تھا
آنکھیں پھٹی پھٹی نظر آرہی تھیں۔ جیسے گھور رہا ہے
بوڑھے شخص نے ٹوٹے پھوٹے الفاظ میں رُک رُک
کر مجھ سے پوچھا۔ تو آپ ہی آپ کانپ اُٹھا پہلے
یہ بتایئے۔ آپ موسیو ژیرلو ہی ہیں نا؟ میں موسیو ژیرلو
پبلک پراسیکیوٹر ہی سے گفتگو کر رہا ہوں؟

''ہاں!''

اُس نے یوں آہ بھری۔ گویا سینے پر سے ایک
بوجھ سا اُٹھ گیا ہے۔

''تو آخر کار اب میں اعتراف کرسکتا ہوں۔
میں نے جو رقعہ آپ کو بھیجا تھا۔ اُس میں اپنا نام
پیریر لکھ دیا تھا۔ لیکن میرا اصلی نام یہ نہیں ہے موت

سر پر پہنچ چکی۔ اور اس نے میرا چہرہ بدل ڈالا۔ ورنہ شاید آپ مجھے پہچان بھی لیتے . . . خیر . . .

"کئی سال ہوئے . . . پر کچھ نہ پوچھئے۔

یہ سال کتنے ملیے تھے۔ کہ مَیں جمہوریت کی طرف سے پبلک پراسیکیوٹر مقرر ہُوا تھا۔ مَیں اُن لوگوں میں سے تھا۔ جن کے متعلق دنیا کہا کرتی ہے۔ کہ ان کا مستقبل بے انتہا روشن نظر آرہا ہے۔ اور مَیں دل میں ٹھان بھی چکا تھا۔ کہ اپنے مستقبل کو روشن بنا کر رہوں گا۔ اپنی قابلیت کا ثبوت دینے کے لئے مجھے صرف موقعے کا انتظار تھا۔ بہت جلد عدالت میں ایک ایسا مقدمہ پیش ہُوا۔ جس کی پیروی میرے سپرد کی گئی۔ اور مجھے موقعہ مل گیا۔ ایک چھوٹے سے شہر کا واقعہ تھا۔ پیرس میں اس قسم کا جُرم ہوتا۔ تو شاید کوئی اس کا خیال بھی نہ کرتا۔ لیکن وہاں کے لوگوں میں اس سے عجیب سنسنی سی پھیل گئی۔ فردِ جُرم لگ گئی۔ اور پڑھی گئی۔ تو مجھے معلوم ہُوا۔ اس مقدمہ میں

خوب کش مکش ہو گی۔ ملزم کے خلاف جو شہادت تھی بڑی اہم تھی۔ لیکن اس میں کوئی ایسی قطعی بات نہ تھی۔ جس سے لاجواب ہو کر ملزم اعتراف جرم کر لیتے ہیں۔ یا اس کے لگ بھگ بیان دے دیتے ہیں۔ ملزم نے اپنی صفائی کے لئے ایڑی چوٹی کا زور لگایا۔ کمرہ عدالت میں ایک تذبذب سا پیدا ہو گیا۔ اور حاضرین کے دلوں میں ملزم کے لئے دردمندی اور ہمدردی کی ایک لہر دوڑ گئی۔ آپ کو معلوم ہو گا۔ اس قسم کا احساس کس قدر قوی اور نتیجہ خیز ہوتا ہے۔

"لیکن ایسی باتیں منصف کو متاثر نہیں کر سکتیں۔ مجرم نے جن باتوں سے انکار کیا تھا۔ میں نے ان سب کے جواب میں اُن مسلسل واقعات کو پیش نظر کر دیا۔ جن سے موقع کی شہادت پایۂ ثبوت کو پہنچتی تھی۔ میں نے مجرم کی زندگی کو سب کے سامنے کھول کے رکھ دیا۔ اس کی تمام کمزوریوں اور غلط کاریوں کو طشت ازبام کر دیا۔ میں نے ججوں کے

سامنے پُرزور الفاظ میں جرم کا نقشہ کھینچا۔ اور جس طرح شکاری کتا شکاری کو اپنے شکار تک جا پہنچتا ہے۔ مَیں نے ملزم کو مجرم ثابت کر کے اپنی تقریر ختم کر دی۔ ملزم کے وکیل نے میری دلیلوں کا جواب دیا۔ اور مجھ سے مقابلہ کرنے کے لئے اپنے بس کی کوئی کوشش اُٹھا نہ رکھی . . . لیکن کامیاب نہ ہو سکا۔ مَیں نے عدالت سے مجرم کا سر مانگا تھا۔ اور حاصل کر لیا۔

"میرے دل میں شاید مجرم کے لئے درد تو پیدا ہوتا۔ لیکن اپنی فصاحت پر مجھے اس قدر ناز ہو رہا تھا۔ کہ اَور سب جذبات ہَوا ہو گئے تھے۔ ملزم کا مجرم ثابت ہو جانا قانون کی بھی فتح تھی۔ اور خود میرے لئے بھی نہایت عظیم کامیابی تھی۔

"جس صبح مجرم کو موت کی سزا ملنی تھی۔ مَیں اس کے پاس گیا۔ میرے سامنے انہوں نے اُسے جگایا۔ اور پھانسی کے تختے پر چڑھنے کے لئے تیار کیا۔ اس کے چہرے سے کچھ پتہ نہ چلتا تھا۔ کہ کیا سوچ

رہا ہے۔ یا کیا محسوس کر رہا ہے۔ لیکن اُس وقت اُس کے چہرے کو تکتے تکتے یک لخت میرا دماغ جیسے ایک کرب میں مبتلا ہو گیا۔ اُنھوں نے اس کے بازوؤں کو جکڑ دیا۔ اس کے پیروں میں بیڑیاں ڈال دیں۔ لیکن وہ صبر شکر سے سب کچھ برداشت کرتا رہا۔ مجھے اس سے آنکھیں چار کرنے کی جرأت نہ پڑتی تھی۔ ایسا معلوم ہوتا تھا۔ کہ شاید اُس نے اپنی نظریں مجھ پر گاڑ رکھی ہیں۔ اور اُن سے ایک ایسی طمانیت برس رہی ہے۔ جو انسان سے بالاتر ہستیوں کا حصہ ہے۔ جب وہ قید خانے کے دروازے سے باہر آیا اور گلوٹین پر نظر ڈالی۔ تو دوبار چلّا کر بولا۔ "میں بے گناہ ہوں"۔ جو لوگ نعرے لگا لگا کر اُسے بے عزت کرنے کے لئے آمادہ گئے گئے تھے۔ یک لخت چُپ ہو گئے۔ پھر اُس نے مُڑ کر مجھے دیکھا اور کہا "مجھے مرتا ہُوا دیکھ اور اپنا کلیجہ ٹھنڈا کر!" وہ پادری اور اپنے وکیل سے گلے ملا . . . اس کے بعد ایسا

معلوم ہوُا جیسے وہ خود بخود گلوٹین پر چڑھ گیا۔ اور اس عظیم لمحے میں جب وہ سر کو تختے پر رکھے منتظر تھا۔ کہ تیز لوہا اس کی گردن پر آ پڑے۔ اس کے ماتھے پر بل تک نہ تھا۔ اور مَیں وہاں ننگے سر کھڑا تھا۔ ایسا معلوم ہوتا تھا . . . معلوم اس لئے ہوتا تھا۔ کہ مَیں . . . مجھے کچھ نظر نہ آتا تھا۔ میرے نزدیک تمام دنیا جیسے معدوم ہو چکی تھی۔

"بعد میں کئی دنوں تک میرے خیالات کچھ ایسے اُلجھے رہے کہ مَیں واضح طور پر یہ بھی نہ سمجھ سکا۔ آخر کس مصیبت نے یک لخت مجھے مفلوج سا کر دیا ہے۔ اُس شخص کی موت سے میرے تمام اعصاب جیسے ناکارہ ہو گئے تھے۔ میرے ہم پیشہ لوگوں نے مجھ سے کہا:۔

"پہلی مرتبہ ہمیشہ یونہی ہوا کرتا ہے"۔

"مَیں نے ان کے کہے پر یقین کر لیا۔ لیکن رفتہ رفتہ مجھے معلوم ہوُا۔ کہ اس تمام الجھن کی ایک خاص وجہ

ہے۔ اور یہ وجہ شبہ ہے۔ بس جس وقت سے مجھے یہ خیال ہوا۔ میرا لطف اور آرام حرام ہو گیا۔ سوچئے نا۔ اگر کوئی منصف کسی شخص کا سر قلم کروا دے اور پھر یک لخت اپنے دل میں سے آواز سنے "اور اگر یہ شخص دراصل بے قصور ہوا؟" تو اس وقت اس کی کیا کیفیت ہو گی؟

"میں نے اپنی پوری طاقت صرف کر کے اس خیال کو اپنے دل سے دور کرنا چاہا۔ اپنے آپ کو یقین دلانے کی کوشش کرتا۔ کہ یوں کہاں ہو سکتا ہے یہ لغو خیال ہے۔ میرے دل و دماغ میں جو کچھ بھی منطق اور توازن سے تعلق رکھتا ہے۔ میں نے اس سے تشفی حاصل کرنے کی کوشش کی۔ لیکن میری تمام دلیلو کو یہ سوال لاجواب کر دیتا تھا۔ آخر وہ کونسا ثبوت ہے جس پر تم قطعی طور پر یقین کر سکتے ہو؟ اور پھر مجرم کی زندگی کی آخری گھڑیاں میری نظروں میں آ جاتیں۔ میں اس کی صاف روشن آنکھوں کو دیکھتا۔ اور اس کی آواز سنتا

ایک روز اس کی موت کی تصویر میری آنکھوں کے سامنے تھی۔ کہ کسی نے مجھ سے کہا:

"اس نے بڑی خوبی سے اپنی صفائی پیش کی تھی۔ تعجب ہے۔ کہ پھر بھی بری نہ کیا گیا... حق تو یہ ہے کہ جو تقریر تم نے ججوں کے سامنے کی وہ نہ سُنی ہوتی۔ تو ہم اُسے بے قصور ہی سمجھتے"۔

"گویا یہ میرے الفاظ کا سحر تھا۔ کامیابی حاصل کرنے کے لئے میری قوت ارادی کا خروش تھا۔ جس نے اس تماشائی کے دل سے تذبذب دور کر دیا۔ اور ججوں کے دل پر بھی فتح حاصل کر لی۔ اس کی موت کا باعث صرف میں تھا۔ اور اگر وہ معصوم تھا۔ تو اس مہیب جرم کی تمام ذمہ داری مجھ پر آتی ہے"۔

"انسان جب تک اپنی صفائی کی تھوڑی بہت کوشش نہیں کر لیتا۔ اپنے ضمیر کو بری الذمہ ثابت کرنے کے لئے زور نہیں لگا چکتا۔ اس طرح اپنے آپ کو مجرم قرار نہیں دے لیتا۔ چنانچہ جو شکوک مجھے

مفلوج کئے دے رہے تھے۔ اُن سے مخلصی پانے کے لئے مَیں نے از سرِ نَو اس مقدمے کا مطالعہ کرنا شروع کیا۔ اپنے اشارات کو پڑھا۔ اور ضروری کاغذات کا دوبارہ معائنہ کیا۔ تو مجھے پھر اپنی پہلی رائے پر یقین کامل ہو گیا۔ لیکن یہ میرے لکھے ہوئے اشارات اور میرے تحریر کئے ہوئے کاغذ تھے۔ میرے دماغ کا نتیجہ تھے۔ جس نے غالبًا پہلے سے تعصب کو دل میں جگہ دے لی تھی۔ میری خواہش نے ارادے کو مغلوب کر لیا تھا۔ مَیں چاہتا ہی یہ تھا۔ کہ اسے مجرم ثابت کروں۔ چنانچہ اب مَیں نے دوسرے نقطہ نظر سے مقدمے کا مطالعہ شروع کیا۔ کہ کیا سوالات ملزم سے کئے گئے تھے۔ اس نے کیا جواب دیئے تھے۔ اور گواہوں کی شہادت کیا تھی۔ بعض امور جو ابھی قطعی طور پر واضح نہ ہوئے تھے۔ ان کے متعلق تشفی حاصل کرنے کو مَیں نے موقعہ اور آس پاس کی گلیوں اور گھروں کے نقشے

کا معائنہ کیا قاتل نے جس ہتھیار سے کام لیا تھا۔ اُسے ہاتھ میں لے کر دیکھا۔ بعض ایسے نئے گواہ معلوم کئے جن کی شہادتیں نہ لی گئیں تھیں۔ یا جن کو دانستہ نظر انداز کر دیا گیا تھا۔ یوں کوئی بیس ایک مرتبہ ان نئی تفصیلات پر غور کرنے کے بعد میں اس نتیجے پر پہنچا۔ کہ ملزم بے گناہ تھا۔ اور پھر اس وقت گویا میرے انفعال کو اور زیادہ دردناک بنانے کے لئے نہایت معقول ترقی مجھے پیش کی گئی۔ یہ میرے جرم کا انعام تھی۔

"موسیو۔ میں نے بڑی بزدلی سے کام لیا۔ بغیر کوئی وجہ بیان کرنے کے استعفیٰ داخل کر دیا۔ اور سمجھ بیٹھا۔ کہ میں نے اپنے گناہ کا کفارہ ادا کر دیا ہے۔ سفر کے لئے نکل کھڑا ہوا۔ پر آہ فراموشی طویل سڑکوں کے دوسرے سرے پر نہیں ملا کرتی! میری زندگی کا ایک اکیلا مقصد یہ رہ گیا۔ کہ جو ناقابل تلافی جرم کر چکا ہوں۔ کسی طرح اس کا کفارہ ادا کر دوں

لیکن مجرم ایک آوارہ گرد شخص تھا۔ نہ اس کے اہل و عیال تھے نہ دوست ۔ ۔ ۔ میں صرف ایک ہی بات کر سکتا تھا۔ وہی میرے شایان شان تھی، اپنی غلطی کا اعتراف کر لوں، لیکن مجھے حوصلہ نہ پڑتا تھا۔ میں اپنے ہم پیشہ لوگوں کے غیظ و غضب اور نفرت و حقارت سے خائف تھا۔ آخر کار میں نے یہ فیصلہ کیا کہ کفارے کے طور پر اپنی تمام پونجی اُن لوگوں کی امداد میں صرف کر دوں۔ جو آلام و مصائب میں گرفتار ہیں خصوصیت سے ان لوگوں کو مدد دوں۔ جو مجرم ثابت ہو چکے ہیں ۔ ۔ ۔ مجھ سے زیادہ کس کو حق حاصل تھا کہ مجرموں کو سزا سے بچانے کی کوشش کرتا؟ میں نے زندگی کی تمام خوشیوں کو بھلا ڈالا۔ آسائشیں اور راحتیں ترک کر دیں۔ آرام کو اپنے اوپر حرام کر لیا، یوں سب کی یاد سے نکل کر میں نے تنہائی میں زندگی بسر کی ہے۔ اور قبل از وقت ضعیف ہو گیا ہوں، میں نے اپنی ضروریات زندگی کو تخفیف کی

آخری حد تک پہنچا دیا ہے . . . مہینوں سے اس کمرے میں مقیم ہوں۔ یہیں اس مرض کا شکار ہو گیا۔ جو میری جان لینے والا ہے یہیں مر جاؤں گا۔ یہیں مرنا چاہتا ہوں . . . پر موسیو۔ اب میں یہ بتاتا ہوں کہ آپ سے میری کیا التماس ہے . . .‘‘

اس کی آواز اتنی دھیمی پڑ گئی۔ کہ الفاظ سمجھنے کے لئے مجھے اس کے کانپتے ہوئے ہونٹوں کو دیکھنا پڑا۔

’’میں نہیں چاہتا کہ یہ داستان بھی میرے ساتھ تمام ہو جائے۔ میری تمنا ہے۔ تم اس کو سبق کے طور پر ان سب لوگوں کے لئے مشتہر کر دو۔ جن کا فرض انصاف سے کام لے کر سزا دینا ہے۔ تاکہ وہ محتاط رہیں اور سمجھیں کہ ہر حالت میں محض اس وجہ سے ان کا فرض سزا دینا نہیں۔ کہ وہ اسی کام کے لئے مقرر کئے گئے ہیں۔ میں چاہتا ہوں کہ جب احساس فرض پبلک پراسیکیوٹر کو مجبور کر رہا ہو۔ کہ ججوں سے مجرم کی جان

طلب کرے۔ تو اس بات کا بھوت اس کی نظروں کے سامنے کھڑا ہو۔ کہ بعض باتوں کی تلافی بعد میں کسی طرح نہیں ہو سکتی"۔

میں نے اسے یقین دلایا "میں تمہاری فرمائش کی تعمیل کروں گا"۔

اس کا چہرہ نیلا پڑ گیا تھا۔ ہاتھ کانپ رہے تھے اور وہ ہانپ ہانپ کر کہہ رہا تھا:

"مجھے کچھ اور بھی کہنا ہے ۔ ۔ ۔ میرے پاس تھوڑا سا روپیہ باقی ہے ۔ ۔ ۔ اب تک وقت نہ مل سکا۔ کہ اسے بدنصیبوں میں بانٹ سکتا۔ وہاں ہے ۔ ۔ ۔ اُس الماری میں ۔ ۔ ۔ چاہتا ہوں۔ میرے گذر جانے پر اُن کو دے ڈالو۔ پر میرے نام سے نہیں۔ تیں سال ہوئے۔ میری غلطی کے باعث جو شخص جان سے مارا گیا تھا۔ اس کے نام سے ۔ ۔ ۔ رانالی کے نام سے اُسے خیرات کر ڈالنا"۔

میں چونک پڑا!

"رانالی؟ اس کی پیروی تو مَیں نے کی تھی۔ اُس وقت میں . . ."

اس نے اپنا سر جھکا لیا۔

"مَیں جانتا ہوں۔ اسی لئے تم کو بلایا ہے۔ اس جرم کا اعتراف سننے کا حق تم ہی کو تھا۔ مَیں ویرونا می پبلک پراسیکیوٹر ہوں۔" اس نے اپنے ہاتھ چھت کی طرف اُٹھانے چاہے اور منہ ہی منہ میں بولا:

"رانالی . . . رانالی . . ."

تم کہو گے مَیں نے ایک ایسا راز افشا کر دیا۔ جو کسی قانون پیشہ شخص کی زبان سے نہ نکل سکتا۔ تمہارے نزدیک مَیں ان قواعد کی خلاف ورزی کا قصوروار ہوں۔ جن کا احترام ہر قانون دان کے لئے لازم ہے۔ لیکن مَیں مجبور ہو گیا تھا۔ اس لب مرگ انسان کی قابل رحم حالت دیکھ کر مجھ سے نہ رہا گیا۔ اور مَیں بے اختیار چلا اُٹھا:

"موسیو ویرڈو! موسیو ویرڈو! رانالی مجرم تھا

گلوٹین پر چڑھنے سے پہلے اُس نے خود مجھ سے اعتراف کرلیا تھا، وہ جب مجھے خدا حافظ کہہ رہا تھا۔ تو اس وقت خود اس نے مجھے بتا دیا تھا . . . "

لیکن بوڑھا شخص اس سے پیشتر ہی تکیے پر چاروں شانے چت گر چکا تھا . . . میں ہمیشہ اپنے آپ کو یقین دلانا چاہتا ہوں کہ میرے الفاظ اس نے سُن لئے ہوں گے۔

۱۰-۵۰ کی ایکسپریس

اپاہج نے مجھ سے کہا۔ ”لوگ کہتے ہیں۔ آج آپ ہم لوگوں سے رخصت ہو رہے ہیں؟“

”جانا ضروری ہے۔ مجھے پیر کی صبح کو مارسیلز پہنچنا ہے۔ میں نیوں کے اسٹیشن سے ۱۰-۵۰ کی ایکسپریس میں روانہ ہوں گا۔ اچھی گاڑی ہے ۔ ۔ ۔ پر تمہیں تو اس کا حال معلوم ہونا چاہیئے۔ بیمار پڑنے سے پہلے اسی لائن پر ملازم تھے۔ ہیں نا؟“

اس نے اپنی آنکھیں میچ لیں۔ چہرہ یک لخت پیلا پڑ گیا۔ بولا۔ ”جی ۔ ۔ ۔ معلوم ہے ۔ ۔ ۔ خوب

معلوم ہے ۔ ۔ ۔ "

اس کی پلکوں کے نیچے آنسو چمک رہے تھے۔ پل بھر چپ رہا۔ پھر بولا: "اس کا حال کسی کو ایسی اچھی طرح معلوم نہیں۔ جیسا مجھے معلوم ہے"۔

میں سمجھا۔ اپنے پرانے کام کو جسے اب اپاہج ہونے کی وجہ سے سرانجام نہیں دے سکتا یاد کر کے ملول ہو گیا ہے۔ چنانچہ میں نے کہا۔

"وہاں تو کام بڑا دل چسپ ہوتا ہوگا۔ مزے کا کام جس میں بہت سی معلومات کی ضرورت پڑتی ہوگی"۔

وہ کانپ اٹھا۔ مفلوج جسم پر بڑی شدت کا اثر ہوا۔ آنکھوں میں ہیبت جھلکنے لگی۔ احتجاج کے طور پر بولا۔

"یہ نہ کہئے۔ مزے کا کام؟ یوں کہئے دہشت اور موت کا کام ۔ ۔ ۔ ہیبت اور بھیانک خوابوں کا کام ۔ ۔ ۔ میں آپ کا کوئی نہیں۔ پر آپ سے

ایک عنایت کا امیدوار ہوں۔ اس گاڑی سے نہ جائیے۔ اَور جو ٹرین پسند ہو اس میں سفر کر لیجئے۔ پر ۱۰-۵۰ کی ایکسپریس سے نہ جائیے"۔

مَیں نے مسکراتے ہوئے پُوچھا۔"کیوں۔ کچھ وہمی ہو تم؟"

"مَیں وہمی نہیں ہوں۔۔۔ لیکن ۲۴ر جولائی ۱۸۹۴ء کو جو حادثہ ہُوا تھا۔ اس روز مَیں ہی اس ایکسپریس کا ذمّہ وار ڈرائیور تھا۔ مَیں اُس کا حال آپ کو سناتا ہوں۔ پھر آپ سمجھ جائیں گے"۔

"۔۔۔ ہم لیوں کے اسٹیشن سے حسب معمول روانہ ہوئے اور دو گھنٹے تک سفر کرتے رہے۔ اس روز دن بھر بڑی گھمس رہی تھی۔ ہم بڑی تیز رفتار سے جا رہے تھے۔ لیکن پھر بھی انجن میں جو ہوا آتی تھی۔ اس سے دم گھٹا سا جاتا تھا۔ ایسی بھاری اور گرم ہوا تھی۔ جو طوفان کا پیش خیمہ ہوا کرتی ہے۔۔۔"

"اچانک سارا آسمان نظر سے یوں اوجھل ہو گیا۔ گویا بجلی کا کوئی بٹن دبانے سے یہ تغیّر عمل میں آگیا ہے۔ ایک بھی تارہ نظر نہ آتا تھا۔ چاند چھپ گیا تھا۔ بجلی بڑے زور سے چمکنے لگی۔ رات کی تاریکی کو چاک کرکے پل بھر کو اس شدت سے چمکتی کہ بعد میں رات کاجل سی کالی نظر آنے لگتی۔"

"مَیں نے آگ دہکانے والے سے کہا:

"آج تو پھنس گئے۔ موسلا دھار برسے گا۔"

"اچھے وقت پر آیا۔ میرے لئے بھی بھٹّی کے سامنے کھڑا ہونا مشکل ہو رہا تھا۔ پر آنکھیں پھاڑ پھاڑ کر سگنلوں کا خیال رکھنا ہوگا۔"

"کچھ ڈر نہیں مجھے بہت صاف نظر آ رہا ہے"

"کڑک اور گرج اس زور کی تھی۔ کہ نہ مجھے پہیوں کی حرکت کی آواز سنائی دیتی تھی۔ نہ انجن کے چلنے کی۔ بارش ابھی تک شروع نہ ہوئی تھی۔ مگر طوفان قریب تر چلا آ رہا تھا۔ ہم اُڑے ہوئے

طوفان کے اندر گھسے چلے جا رہے تھے۔ یہ معلوم ہوتا تھا۔ گویا ہم اس کا تعاقب کر رہے ہیں۔

"لوہے کے جن پر انسان سوار ہو۔ اور وہ کسی جنون کی طرح ایک بے حد مہیب طوفان میں اُڑا چلا جا رہا ہو۔ تو صرف بُزدل ہی کا زہرہ آب نہیں ہوتا۔

"ہمارے سامنے ذرا دور بجلی زمین پر گری اور ساتھ ہی ایک بڑی خوفناک گرج سنائی دی۔ پھر ایک اَور گرج اس زور کی پیدا ہوئی۔ کہ مَیں نے اپنی آنکھیں بند کر لیں۔ اور گھٹنوں کے بل گر پڑا۔

"ذرا دیر تک مَیں اسی حالت میں رہا۔ ڈھیر ہو گیا تھا۔ سُن تھا۔ مجھے ایسا محسوس ہو رہا تھا۔ کہ گردن کی پُشت پر بڑی سخت ضرب آئی ہے۔ آخر کار ہوش میں آیا۔ اب تک گھٹنوں کے بل تھا بیٹھے انجن کو جُدا کرنے والی آہنی چادر کی طرف تھی۔

ایسا معلوم ہوتا تھا۔ گویا سینکڑوں میل کا سفر کر کے آیا ہوں۔ اُٹھنے کی کوشش کی۔ ناممکن۔ ٹانگیں میرے نیچے دُہری تھیں اور بیکار۔ سوچا۔ گرنے سے کوئی ہڈی ٹوٹ گئی ہوگی۔ پر کسی قسم کا درد محسوس نہ ہو رہا تھا۔ اُٹھنے میں ہاتھوں کا سہارا لینا چاہا۔۔۔ پر میرے بازو دونوں پہلوؤں پر ناکارہ ہو کر لٹک رہے تھے۔

"بس اس حالت میں پڑا تھا۔ اور اس احساس سے مبہوت تھا کہ میرے بازو اور میری ٹانگیں میری نہیں رہیں۔ مجھے ان پر کچھ قابو حاصل نہیں ہے۔۔۔ وہ میری اطاعت سے انکار کرتی ہیں۔۔

ان میں جان بس اسی طرح ہے۔ جیسے میرے کپڑوں میں ہے۔ جو ہوا کے جھکڑ میں اڑے جا رہے ہیں۔ کوئی طاقت جسے سمجھ نہ سکتا تھا۔ کہ کیا ہے مجھے آنکھیں نہ کھولنے دیتی تھی۔

ہم پوری رفتار پر اُڑے چلے جا رہے

تھے۔ طوفان بدستور تھا۔ مگر اس کے خروش کا وہ عالم نہ تھا۔ اور معلوم بھی کسی قدر فاصلے پر ہوتا تھا بارش شروع ہو گئی۔ فولاد پر اس کے پڑاپڑ برسنے کی آواز آرہی تھی۔ اور مجھے اپنے چہرے پر گرم گرم بوندیں بہتی معلوم ہو رہی تھیں۔

"یک لخت مجھ میں جیسے کوئی چیز نرم پڑ گئی۔ اور مجھے ایسا معلوم ہوا۔ کہ میں پھر ٹھیک ہو گیا ہوں۔ بالکل ٹھیک۔ بس ایک ذرا تھکا ہوا ہوں۔ اب مجھے یاد آیا۔ میں کہاں ہوں۔ اور میرا کام کیا ہے۔ اس خیال نے ایک جھٹکا سا لگا کر مجھے پھر گردوپیش سے خبردار کر دیا۔ پر اب تک نہ سمجھا تھا۔ کیا ہوا ہے۔ کیوں میری حالت ایسی ہے۔ جیسے مفلوج ہو گیا ہوں۔ میں نے آگ دہکانے والے کو آواز دی۔ کہ اٹھنے میں مجھے سہارا دے کوئی جواب نہ ملا۔

"انجن پوری رفتار پر جا رہا ہو۔ تو اس کا شور

بہرا بنا دیتا ہے۔ چنانچہ میں نے زور زور سے آواز دی:

"فرانسواز! او فرانسواز! ذرا اپنے ہاتھ سے سہارا دینا"

"پھر کوئی جواب نہ ملا۔ اب تو ایک بڑے بھیانک خوف نے مجھے جکڑ لیا۔ کس شے کا خوف؟ میں نہ جانتا تھا۔ پر اس کے زبردست احساس سے تڑپ کر میں نے اپنی آنکھیں کھول دیں۔ اور زور سے ایک چیخ ماری۔ ہیبت کی چیخ۔ جو اس وقت کسی طرح بھی ناجائز نہیں کہی جا سکتی"

"انجن خالی تھا۔ آگ دہکانے والا غائب ہو چکا تھا۔ پلک جھپکنے میں میں واضح طور پر سمجھ گیا۔ کہ کیا ہو گیا ہے۔ ہم پر بجلی گری تھی۔ آگ دہکانے والا اس سے مر گیا۔ اور باہر لائن پر گر پڑا۔ اور میں . . . میں مفلوج ہو چکا ہوں"

"نہ صاحب۔ اگر میں بڑا عالم ہوتا۔ اور پوری

محنت سے لفظوں کی تلاش کرتا۔ پھر بھی آپ پر ظاہر نہ کر سکتا۔ کہ اس وقت دہشت کے مارے میری کیا حالت تھی۔ جو رفیق میرے پہلو میں ہونا چاہیئے تھا۔ کہ میری امداد کرے۔ جیسے کسی سحر سے غائب ہو چکا تھا۔ اور میرے پیچھے دو سو مسافر پڑے سو رہے تھے۔ یا مزے میں باتیں کر رہے تھے۔ اور انہیں گمان تک نہ تھا۔ کہ ایک سیلاب کی طرح دیوانہ وار یقینی موت کے مُنہ میں اُڑے چلے جا رہے ہیں۔ جو شخص ٹرین کا ذمہ دار تھا۔ وہ بھی ایک بے دست و پا ڈھیر تھا۔ ہاتھ تک نہ اُٹھا سکتا تھا۔ مفلوج ہو چکا تھا ۔ ۔ ۔ اپاہج تھا ۔ ۔ ۔ یہ تھی میری کیفیت ۔ ۔ ۔

"میرا جسم جس قدر معطل تھا۔ دماغ اسی قدر مصروف کار ہو رہا تھا۔ پہلے میں نے صاف صاف طور پر دیکھا۔ کہ لائن سامنے دُور تک پھیلی ہوئی ہے۔ پٹڑی کا لوہا چاند کی روشنی میں جگ مگ جگ مگ

کر رہا تھا۔ ہم سرپٹ چلے جا رہے تھے۔ ۔ ۔ جیسے کسی بندش سے چھوٹ کر اڑے جا رہے ہوں!

۔ ۔ ۔ عادت مجھے رفتار کے احساس سے بے حس بنا چکی تھی۔ پر اب مجھے پھر اس کا احساس ہونے لگا۔ ٹرین بجلی کی چمک کی طرح ایک چھوٹے سے اسٹیشن کے سامنے سے گذر گئی۔ اتنی تیز نہ تھی۔ کہ میں کچھ بھی نہ دیکھ سکتا۔ میں نے دیکھ لیا۔ کہ تار برقی کے آلے کے قریب سگنل دینے والا اپنی جگہ پر بیٹھا اونگھ رہا ہے۔ پٹڑی بدلنے سے گاڑی کو ایک دو ہچکولے لگے۔ پلیٹیں کھڑکیں۔ پٹڑیاں ایک دوسرے کو کاٹتی ہوئی گذرتی تھیں۔ ان میں سے معینہ لائن یک لخت بڑی دکھائی دی۔ پھر چھوٹی نظر آنے لگی۔ ۔ ۔ گاڑی فوراً مڑ گئی۔ اور ایک بار پھر تاریکی میں دیرانہ گھستی چلی گئی۔

آگے سرنگ آ گئی۔ اور ہم گرجتے برستے طوفان کی طرح اس میں گھس گئے۔ ۔ ۔ آگے پھر

کھلی لائن تھی، اب مجھے معلوم ہو گیا تھا۔ ہم کہاں ہیں۔ میں نے جی ہی جی میں کہا۔ ناممکن ہے۔ کہ ہم پٹڑی پر سے نیچے نہ اتر جائیں۔ دو منٹ کے بعد ہم ایک ایسے مقام پر پہنچیں گے۔ جہاں پٹڑی یک لخت ایک طرف کو مڑ جاتی ہے۔ اور جس رفتار سے ہم سفر کر رہے ہیں اس کے لحاظ سے یقینی ہے۔ کہ ہم پٹڑی پر سے اچھل پڑیں۔۔۔

"لیکن مشیت ایزدی نہ تھی! انجن اور کل ٹرین ایک طرف کو جھک گئی۔۔۔ پٹڑی پہیوں کے نیچے جیسے پس کر رہ گئی۔۔۔ اور ہم گذر گئے

۔۔۔

"اس موڑ کے متعلق مجھے سب سے زیادہ خطرہ تھا۔ یہاں سے گذر کر میں نے اطمینان کا سانس لیا۔ سوچا۔ ایندھن ختم ہونے سے شاید آگ بجھ جائے۔۔۔ انجن تھم جائے۔۔۔ گارڈ جلدی سے ٹرین کے سامنے آجائے گا۔۔۔ میں اسے بتا دوں گا۔

کیا واقعہ ہُوا ہے . . . وہ ہمارے سامنے اور پیچھے خطرے کے نشان لگا دے گا۔ ہم بچ جائیں گے . . .

"لیکن مجھے یہ اطمینان زیادہ دیر تک نہ رہا۔ اُسی وقت ہم اُڑتے ہوئے ایک اسٹیشن کے سامنے سے گذرے۔ وہاں مَیں نے ایک ایسی چیز دیکھی۔ جس سے میرے رونگٹے کھڑے ہو گئے۔ سگنل ہمارے موافق نہ تھا۔ جس حصّے میں ہم داخل ہو رہے تھے۔ اس پر پٹڑی رُکی ہوئی تھی . . .

"سمجھ میں نہیں آتا۔ اس وقت میرا دماغ چل کیوں نہ نکلا۔ سوچیے تو ایک انجن ستّر میل فی گھنٹہ کی رفتار سے اُڑا ہوا جا رہا ہو۔ اشارہ مل چکا ہو۔ کہ آگے راستہ رُکا ہُوا ہے۔ تو ایسی حالت میں ایک شخص کے دماغ میں کیا کچھ خیالات گذر سکتے ہیں؟

"میں نے اپنے آپ سے کہا: تم تھم نہ

گئے۔ تو خود تمہارے اور تمہارے ساتھ تمام ٹرین کے پرخچے اُڑ جائیں گے . . . اس خوفناک حادثے سے بچنے کے لئے صرف ذرا سی حرکت کرنے کی ضرورت ہے۔ صرف اتنی سیدھی سی حرکت۔ کہ جو لیور تم سے دو فٹ کے فاصلے پر ہے۔ اُس کو پکڑ لو . . . لیکن تم اتنی حرکت نہ کر سکو گے . . . نہیں کر سکتے . . . تم تمام واقعہ کو اپنی آنکھوں عمل میں آتا دیکھو گے۔ موت سے بھی سو گنا زیادہ کرب محسوس کرو گے۔ کہ جس چیز سے ٹکرا کر ٹکڑے ٹکڑے ہونا ہے۔ اسے اپنے سامنے دیکھو۔ اور دیکھتے رہو کہ وہ کیونکر بڑی ہوتی جاتی ہے . . . اور تم کس طرح دوڑ کر اس سے جا ٹکراتے ہو . . .

"میں نے چاہا۔ کہ آنکھیں بند کر لوں . . . نہ کر سکا۔ نہ چاہتا تھا۔ پر دیکھے جا رہا تھا۔ دیکھے جا رہا تھا . . . اور میں نے دیکھا۔ صاحب میں نے سب کچھ اپنی آنکھوں سے دیکھا۔ رُکاوٹ کے سامنے

آنے سے پیشتر ہی میں نے بوجھ لیا تھا۔ کہ کیا چیز ہو گی۔ ذرا سی دیر میں اس کے متعلق کوئی شک شبہ نہ رہا۔ . . سامنے ایک بگڑی ہوئی ٹرین کھڑی تھی جس نے ہمارا راستہ روک رکھا تھا۔ مجھے اس کا سایہ دکھائی دے رہا تھا۔ پیچھے کی روشنی نظر آ رہی تھی۔ نزدیک ہوتی گئی . . . اور نزدیک ہو گئی۔ نہ جانے میں کیوں چیخیں مار رہا تھا۔ کیوں کہہ رہا تھا۔ آنا! روکنا! . . . شنوائی نہ ہو سکتی تھی۔ خطرہ سر پر چڑھا آ رہا تھا۔ سر کے سوا میرا باقی سب کچھ مردہ تھا۔ یا آنکھوں کی مہیب قوت کے باعث جو رات کی کاجل سی تاریکی میں بھی سب کچھ دیکھ سکتی تھیں۔ سر میں جان معلوم ہوتی تھی۔ یا کانوں کی قوت کی وجہ سے جو پہیوں کی گڑگڑاہٹ میں بھی سب کچھ سن سکتے تھے۔ اور پھر یا ایک مجنونانہ قوت ارادی کے باعث جو برابر اس طرح مجھے احکام دیئے جا رہی تھی۔ جیسے کوئی افسر اُن رنگروٹ سپاہیوں کو

حکم دیتا ہے۔ جنہیں مرتب کرنے کی کوشش کر رہا ہو۔

"خطرہ سر پر چڑھا چلا آ رہا تھا۔ ۔ ۔ صرف پانچ سَو گز دُور رہ گیا۔ ۔ ۔ صرف تین سو گز دور۔ ۔ ۔ لاٹن پر سائے سے ناچنے پھر رہے تھے۔ ۔ ۔ صرف ایک سو گز۔ ۔ ۔ بس ایک سو گز۔ ۔ ۔ ایک چمک۔ ۔ ۔ انجام۔ آخری گڑگڑاہٹ۔ ۔ ۔ مُردوں کا ڈھیر۔ ۔ ۔ فنا!

"حضور جن لوگوں نے یہ واقعہ دیکھا نہیں۔ ۔ ۔

"۔ ۔ ۔ مجھے پھر ہوش آیا۔ تو مَیں تباہی اور بربادی کے ایک تودے کے نیچے دبا پڑا تھا۔ استمداد کے لئے ہر طرف کرب کی آوازیں بلند تھیں۔ مجھے نظر آ رہا تھا۔ کہ میدان میں کچھ لوگ لالٹینیں اُٹھائے دوڑے پھر رہے ہیں۔ بعض نے زخمیوں کو گود میں اُٹھا رکھا ہے۔ ۔ ۔ اور چیخیں ہیں۔ ۔ ۔ اور دکھ کی آہیں۔ ۔ ۔ اور نالہ و بُکا۔ ۔ ۔

"مَیں دیکھ رہا تھا۔ سب کچھ سُن رہا تھا۔ اور

مجھے کچھ پرواہ نہ تھی۔ اب مَیں کچھ نہ سوچ رہا تھا۔
مدد کے لئے کسی کو نہ پُکار رہا تھا . . .

"میرے سر پر دو لکڑیاں ایک دوسرے کے اوپر پڑی تھیں۔ مجھ سے اتنی نزدیک تھیں۔ کہ میرے ہونٹ انہیں چھُو سکتے تھے۔ اُن میں سے ذرا سا آسمان سُہانا سُہانا اور اُجلا اُجلا نظر آ رہا تھا۔ اور مَیں اسی طرح پڑا پڑا ایک ننھے مُنّے اور پیارے پیارے تارے کی دمک کو تک رہا تھا۔ جو آسمان پر کانپ رہا تھا . . . اس سے میرا جی بہل رہا تھا . . ."

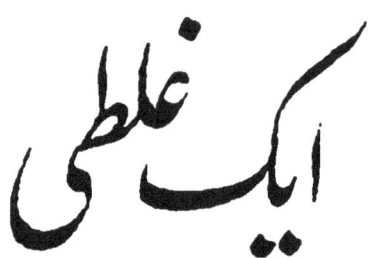

ایک غلطی

مریض نے کہا۔" ڈاکٹر صاحب۔ میں چاہتا ہوں آپ میرا معائنہ کر کے مجھے بتائیں۔ کہ مجھے دِق تو نہیں ہے۔ میں اپنے مرض کی ٹھیک کیفیت معلوم کرنا چاہتا ہوں۔ مجھ میں اتنی ہمت موجود ہے۔ کہ ٹھنڈے دل سے بدتر سے بدتر اطلاع سُن لوں۔ میں سمجھتا ہوں۔ آپ کا فرض ہے۔ کہ آپ نہایت صفائی سے بلا کم و کاست سب کچھ بیان کر دیں۔ اور مجھے اس بات کا حق حاصل ہے۔ کہ میں اپنی صحیح حالت سے اچھی طرح آگاہ ہو جاؤں۔ آپ وعدہ فرماتے ہیں۔ کہ آپ یوں

ہی کریں گے"؟

ڈاکٹر نے کچھ تامّل کیا۔ اپنی کرسی پیچھے دھکیل لی۔ آتش دان کی طرف جھکا۔ جس میں بڑی بڑی لکڑیاں دھر دھر جل رہی تھیں۔ بولا۔

"ہاں میں وعدہ کرتا ہوں۔ تم اپنے کپڑے اُتار ڈالو"۔

مریض نے اپنے کپڑے اُتارے۔ ڈاکٹر اس سے سوال کرتا رہا:

"آپ کو ضعف کی شکایت ہے؟ رات کو پسینہ آتا ہے؟ . . . پہلے آتا تھا۔ اب نہیں آتا۔ کھانسی زیادہ اُٹھتی ہے؟ . . . صبح کو ہلکی ہلکی کھانسی کا دورہ ہوتا ہے؟ . . . آپ کے والدین زندہ ہیں؟ کچھ معلوم ہے ان کا انتقال کیسے ہوا تھا؟ . . ."

مریض نے اپنا سینہ ننگا کر دیا۔ اور بولا:

"میں حاضر ہوں"۔

ڈاکٹر نے مریض کے سینہ پر ہاتھ رکھ کر اور

انگلیوں کی پیٹھ ٹھونک ٹھونک کوشش کا معائنہ شروع کیا۔ مریض نہایت غور سے اپنے امتحان کے تمام مدارج دیکھ رہا تھا۔ پیر سے پیر ملائے۔ بازوؤں کو ڈھیلا چھوڑے ٹھوڑی اونچی کئے کھڑا تھا۔ اور نہایت توجہ سے ڈاکٹر کے الفاظ کا منتظر تھا۔ کمرے کی خاموشی میں ڈاکٹر کی انگلیاں مریض کے سینے پر ٹھک ٹھک کر رہی تھیں۔

اس کے بعد ڈاکٹر دیر تک بڑی احتیاط سے آلے کے ذریعے سینہ دیکھتا رہا۔ جب معائنہ ختم کر چکا تو اس نے مربیانہ انداز میں مریض کی پیٹھ ٹھونکی۔ اور مسکرا پڑا:

"کپڑے پہن لو۔ تم خوب تندرست اور توانا ہو زیادہ ضعف اعصاب کی شکایت ہے۔ لیکن میں تمہیں یقین دلاتا ہوں۔ کہ اور کچھ خرابی نہیں۔ . . . تم یہ سُن کر کچھ خوش نظر نہیں آتے؟"

مریض کپڑے پہن رہا تھا۔ رُک گیا۔ آستینوں

میں ڈالنے کے لئے ہاتھ اُوپر اُٹھا رکھے تھے۔ سر گریبان میں سے آدھا باہر تھا۔ آنکھوں میں سے شعلے نکل رہے تھے۔ اندازِ تمسخر سے ہنس کر بولا:

"نہیں میں خوش ہوں . . . بہت خوش . . ."

بہت چُپ چاپ باقی کپڑے پہنے۔ ڈاکٹر میز پر بیٹھا نسخہ لکھ رہا تھا۔ اُسے اشارے سے روک دیا۔ "لیکن . . ."

جیب سے ایک سکّہ نکال کر میز کے کونے پر رکھ دیا۔ بیٹھ گیا۔ اور ذرا کانپتی ہوئی آواز میں کہنے لگا:

"میں کچھ باتیں کرنا چاہتا ہوں۔ آج سے اٹھارہ مہینے پہلے ایک مریض نے یہاں آکر آپ سے یہی سوال کیا تھا۔ جو چند منٹ پیشتر میں کر رہا تھا۔ کہ مجھے میری صحیح حالت بتا دیجئے۔ آپ نے جلدی جلدی اُس کا معائنہ کیا تھا۔ یہ سب سچ ہے . . . اور اسے کہا تھا کہ تمہیں دِق ہے۔ تمہاری حالت نازک ہے" آپ اب تردید مت کیجئے۔ اپنی بریت میں کوئی دلیل

پیش نہ کیجئے۔ مَیں جو کچھ کہہ رہا ہوں۔ اس کی صداقت کے متعلق مجھے پختہ یقین ہے ... اور اسے تاکید کی تھی کہ تمہیں شادی ہرگز نہیں کرنی چاہئے۔ اور تمہارے ہاں بچے ہونا بھی بُری بات ہوگی"۔

ڈاکٹر نے ہلکے سے کہا۔" مجھے یاد نہیں رہا۔ ممکن ہے یوں ہی ہوا ہو ... میرے ہاں اس کثرت سے مریض آتے ہیں ... لیکن میری سمجھ میں نہیں آتا۔ کہ اس واقعہ کو بیان کر کے آپ کس نتیجے پر پہنچنا چاہتے ہیں ...؟"

"اس نتیجے پر کہ وہ مریض مَیں تھا۔ مَیں نے اس وقت آپ سے جھوٹ کہا تھا۔ کہ میری شادی نہیں ہوئی۔ میری شادی ہو چکی تھی۔ اور مَیں کئی بچوں کا باپ بھی بن چکا تھا۔ مَیں جب آپ کے مطب کا دروازہ بند کر کے رخصت ہو گیا۔ تو آپ نے شاید پھر ایک منٹ کے لئے بھی میرے متعلق کچھ نہ سوچا ہوگا۔ ان ہزاروں تیرہ بختوں میں جو ہر سال دِق کا شکار ہو کر مرتے ہیں۔

ایک میں کس قطار و شمار میں تھا؟ لیکن میرے لئے آپ کی تشخیص کے بے انتہا بھیانک نتائج نکلے۔
مریض نے ہاتھ آنکھوں پر پھیرا۔ اور بولتا رہا۔
"میں جب گھر پہنچا تو میری بیوی اور ننھی بچیاں میری منتظر تھیں۔ جاڑے کا موسم تھا۔ گھر کے اندر ہر طرح کی آسائش موجود تھی۔ انگیٹھی میں آگ خوب دہک رہی تھی۔ خوش گوار حرارت۔ راحت۔ مسرت سبھی کچھ موجود تھا۔ اس دن تک میں بے حد ذوق شوق سے گھر لوٹنے کے وقت کا منتظر رہتا تھا۔ اور اپنے پیاروں کے مجمع میں گھر کر آرام کرنے سے بے پایاں لطف حاصل کیا کرتا تھا۔ بیوی سے مل کر بچوں کو چوم کر نہال ہو جاتا تھا۔ تمام دن اس گھڑی کے لئے بے تاب رہتا تھا۔ کہ کب اپنے تفکرات اور کاروبار کی پریشانیاں بھلا کر عزیزوں میں بے فکری سے وقت گذار سکوں گا۔ لیکن اس روز شام کو بیوی جب میرے قریب آئی

تو میں پیچھے ہٹ گیا۔ جب میری ننھی بچیاں مجھ سے لپٹنے کے لئے دوڑ کر آئیں۔ تو میں نے انہیں دُور ہٹا دیا۔

"میرے دماغ میں جو بیج تم نے ڈال دیا تھا وہ اب سرسبز ہو رہا تھا۔

"ہم کھانا کھانے بیٹھے۔ کھانے کے دوران میں میں کوشش کرتا رہا۔ کہ میری آشفتہ خیالی کسی پر ظاہر نہ ہونے پائے۔ لیکن میں اُداس تھا۔ شکستہ حال تھا۔ ان بے چاروں کا خیال کر رہا تھا۔ جن سے بہت جلد بچھڑ جانا تھا۔ خاندان کے متعلق سوچ رہا تھا۔ کہ بے آسرے رہ جائے گا۔ معصوم بچوں کی فکر میں غرق تھا۔ کہ بغیر شفقت پدری کے پروان چڑھیں گے۔

"دوسرے لوگ جو اپنی موت کو یقینی سمجھ لیتے ہیں۔ اپنا اتنا ارمان تو نکال سکتے ہیں۔ کہ جنہیں پیچھے چھوڑ جانے پر مجبور رہوتے ہیں۔ انہیں سینے سے لگا سکتے ہیں۔ اس قسم کی راحتوں سے لطف اندوز ہو کر

دوسرے جہان کا رُخ کرتے ہیں۔ لیکن میں۔ ۔ جب کسی کے نزدیک جاتا۔ اُس کے لئے طرح طرح کے خطرات سے بھرا ہُوا تھا۔ اپنے اندر موت کو لئے پھرتا تھا۔ زندہ تھا۔ مگر جان داروں کے زمرے سے علیحدہ کر دیا گیا تھا۔ دوسرے لوگوں کی مسرتوں میں اب مجھے کسی قسم کا حق حاصل نہ تھا۔

"۔ ۔ ۔ جب سونے کا وقت آیا۔ تو میرے بچے حسب معمول میرے گرد جمع ہو گئے۔

"میں نے انہیں پیچھے ہٹا دیا۔ میرے منہ تک منہ کو پھر اُن کے منہ تک ہرگز نہ جانا تھا۔ ذرا سی دیر بعد میں لیٹ گیا۔ رفتہ رفتہ گھر پر اور کوچہ و بازار میں سناٹا چھا گیا۔ میں نے اپنا لمپ بجھا دیا۔ اور بیوی کے پلنگ کے برابر اپنے پلنگ پر لیٹ گیا جاگتا رہا۔ اور بیوی کے سانس کی ہلکی ہلکی آواز کو سنتا رہا۔

"محروم خواب رات کے طویل گھنٹے سہج سہج گذر

رہے تھے۔ مَیں بار بار ہاتھوں سے چھاتی کو دباتا تھا۔ اور اپنی انگلیوں سے اپنے پھیپھڑوں کے کمزور مقامات کو معلوم کرنا چاہتا تھا۔ مجھے کسی قسم کے درد کی شکایت نہ تھی۔ کوئی ایسی تکلیف نہ تھی۔ کہ آپ کی تشخیص پر یقین کرنے کو دل چاہتا۔ فطرت انسانی یونہی بے معنی بغاوتوں پر آمادہ ہو جاتی ہے۔ خیال خواہش سے پیدا ہوتا ہے۔ چنانچہ مَیں نے یہ یقین کر کے اپنے دل کو تسلی دے لی۔ کہ آپ نے مرض کے سمجھنے میں غلطی کھائی ہے۔ مَیں نے اپنے آپ سے کہا یہ غلط ہے ناممکن ہے۔ مَیں دوسرے ڈاکٹر کی رائے لوں گا...

یک لخت مجھے ساتھ کے کمرے میں سے کھانسی کی آواز آئی۔ مَیں چونک اُٹھا۔ میرے بچوں کے کمرے میں سے پھر کھانسی کی آواز آئی۔ خشک۔ تیز اور جھنکاردار سی آواز۔ دہشت کے مارے مَیں نے اپنے ہاتھ اپنی بیوی کی طرف بڑھا دئے۔ لیکن مجھے اس کو جگانے کی جرأت نہ پڑی۔ مَیں گوش بر آواز

ہو گیا۔ کھانسی پھر شروع ہوئی۔ میں چپکے سے اُٹھا اور اس کمرے میں گیا۔ جہاں بچے سو رہے تھے۔ لمپ کی مدھم روشنی میں وہ اپنے بستروں پر لیٹے ہوئے نظر آرہے تھے۔ ایسا معلوم ہوتا تھا۔ بڑی لڑکی کا چہرہ تمتما رہا ہے۔ میں نے اُس کے ہاتھ کو چھُوا گرم معلوم ہوا۔ میں اس کے اوپر جھُکا۔ اسے کئی بار کھانسی اُٹھی۔ اور وہ بے چینی سے تکیے پر کروٹیں لیتی رہی۔ میں دیر تک اس کے پلنگ کے برابر کھڑا رہا۔ وہ کھانستی رہی۔ واپس بستر پر آیا۔ لیٹا ہی تھا کہ ایک بھیانک خیال نے میرے دل و دماغ پر قبضہ کر لیا۔ میری طرح یہ بھی دِق کا شکار ہو چکی ہے۔"

"مجھے اس امر میں کوئی شُبہ نہ رہا۔ میں نے اسے بطور ایک حقیقت کے قبول کر لیا۔"

مریض آگے کو جھُکا۔ اس نے اپنے پنجے گھٹنوں پر جما رکھے تھے۔ پوچھنے لگا:

"تم کو اس وقت خیال بھی نہ ہو گا۔ تم نے کیا کر

دیا تھا۔ تھا خیال؟

"دوسرا دن ناقابل برداشت تھا۔ مجھے جرأت نہ پڑتی تھی۔ کہ اپنی بیوی سے یہ کہوں۔ ہماری بچی بیمار ہے۔ مجھے ڈاکٹر کو بلانے کا حوصلہ نہ پڑتا تھا۔ کہ ڈاکٹر جی میں کیا کہے گا۔ مجھے اپنے اوپر شرم آرہی تھی۔ بزدلی نے مجھے گم سُم بنا رکھا تھا۔"

"لیکن میرا دماغ بیکار نہ تھا۔ اب مرض کے متعدی ہونے ہی کا خطرہ نہ تھا۔ ایک اس سے بھی زیادہ خوفناک بھوت میرے روبرو کھڑا تھا۔ وراثت کا بھوت۔ جس طرح میرے بچوں نے مجھ سی آنکھیں۔ اور مجھ سے بال وراثتاً پائے ہیں۔ یونہی انہیں میرے طبعی نقائص بھی وراثتاً ملے ہیں۔ اگر وہ اس ہیبت ناک قانون فطرت کے اثرات سے بچ بھی گئے تھے۔ تو صرف اس امر نے کہ میں ان کے بہت قریب تھا۔ اُنہیں آلودہ کر ڈالا ہے۔"

"تم کتنے ہو۔ یہ صرف تخیل تھا؟ لغو ہے۔ تم نے

اور تمہاری تمام برادری نے خاص کوشش و محنت سے اخباروں اور رسالوں اور جلسوں کے ذریعے لاعلم لوگوں کو یہ تمام باتیں ذہن نشین نہیں کرائیں؟ . . .

"جو کچھ میں سُن اور پڑھ چکا تھا۔میرے دماغ میں ایک طوفان کی طرح چڑھ آیا:

"یکے بعد دیگرے میری بیوی اور ننھی بچیاں رفتہ رفتہ کملا کر رہ جائیں گی۔ اور اپنے حسرت ناک انجام کے آنے تک اپنی شہید زندگیوں کو مصیبت میں گذاریں گی . . . اور میں۔ مجھے یہ سب کچھ دیکھنا ہوگا۔ ان کے روبرو۔ ان کے گھُلتے ہوئے جسموں میں بیماری کی ترقی کو دیکھنا ہوگا۔ اور دنیا کا کوئی علم تقدیر کی اس تحریر کو نہ مٹا سکے گا"۔

مریض نے اپنی انگلی اُٹھائی۔ اور آہستہ آہستہ بھاری آواز میں بولتا رہا:

" اور پھر غور سے سنتے رہو۔ ان خیالات کی دہشتوں میں گھِر کر میرے دماغ میں یہ خیال پختہ ہو

چلا۔ کہ ایسے حالات میں جب انسان کو علم ہو۔ انجام کیا ہونے والا ہے۔ اس کا فرض ہے کہ وہ مصیبتوں کو تمام کرنے کی کوشش کرے۔ اس بات کا حق حاصل ہے۔ کہ جو خود کیا ہے۔ اُسے خود ہی ملیا میٹ کر دے جن ہستیوں کو طبعی کرب و بلا میں مبتلا کیا ہے۔ اُنہیں خود ہی مٹائے۔ تمام کر ڈالے۔ اس کا فرض ہے۔ کہ انہیں بُرے انجام سے بچانے کے لئے تقدیر بن جائے۔

"تم جھرجھری لیتے ہو۔ ان باتوں کو پوری طرح سمجھنے سے ڈرتے ہو؟ . . . ہاں میں نے اپنے ہاتھوں اپنے بچّوں کو مار ڈالا۔ سنتے ہو؟ انہیں مار ڈالا! میں نے انہیں زہر دیا اور یہ کام ایسی عجلت اور ہوشیاری سے سرانجام پایا۔ کہ مجھ پر کسی کو ذرا بھی شُبہ نہ ہُوا۔"

"پہلے میں چاہتا تھا۔ اپنا کام بھی تمام کر ڈالوں مگر میں سزا کا مستحق تھا۔ اس لئے نہیں کہ میں نے انہیں مار ڈالا تھا۔ میں اپنے اعمال کو جائز اور مناسب

سمجھتا تھا۔ بلکہ اس لئے کہ میں ہی اُنہیں دنیا میں لانے کے جُرم کا ذمّہ وار تھا۔ اس سے زیادہ اَور کونسا کفّارہ ادا کرنا میرے اختیار میں تھا۔ کہ مَیں نے زندگی کے جن آلام و مصائب سے اُنہیں محفوظ رکھا تھا۔ ان کو خود برداشت کروں؟ جس دُکھ درد سے اُنہیں آزاد کر دیا تھا۔ اس کو خود سہوں ؞

سنو پھر کیا ہوُا۔ ان کے مرنے کے چند ہفتوں بعد مجھ میں دوبارہ طاقت آنی شروع ہو گئی۔ پسلیوں کا درد جاتا رہا۔ حلق سے خون آنا بند ہو گیا۔ مَیں تندرست اور توانا نظر آنے لگا ؞

پہلے پہل مَیں سمجھا۔ کہ محض اتفاق سے بیماری کی ترقی عارضی طور پر رُک گئی۔ اور کچھ عرصہ بعد اِس سے زیادہ زور شور سے حملہ آور ہو گی۔ لیکن چند ماہ بعد واقعات کو صحیح طور پر سمجھنے کے سوا میرے لئے چارہ نہ رہا۔ میری حالت دن بدن سنور رہی تھی۔ میں شفا پا رہا تھا۔ ۔ ۔ مَیں شفا کا نام لے رہا ہوں

لیکن کیا مجھے کبھی دِق ہوئی بھی تھی؟
' یہ خیال شروع شروع میں وہم سا تھا۔ رفتہ رفتہ اس نے یقین کی صورت اختیار کرنی شروع کی۔ جانتے ہو۔ اس کے کیا معنی تھے؟ اگر مجھے دِق تھی۔ تو جو کچھ میں نے کیا جائز و ضروری تھا۔ اگر مجھے دِق نہ تھی۔ تو میں نے بلا وجہ بلا عذر خون کئے تھے۔

میں نے سال بھر تک کوشش کی۔ کہ کسی طرح کوئی صحیح فیصلہ کرلوں۔ مجھے اُمید تھی۔ رُکی ہوئی بیماری دوبارہ عود کر آئے گی۔ طرح طرح کی بے احتیاطیاں کرتا تھا۔ کہ بیماری پھر اپنا کام شروع کر دے۔ مگر بے سود۔ اور پھر مجھے یقین ہو گیا پختہ یقین۔ کہ تمہاری تشخیص بالکل غلط تھی۔ تم نے فیصلہ سنانے میں ناقابل شرم غلطی کی تھی۔ ایک عظیم ملال اور افسردگی نے مجھ پر پوری طرح قبضہ کر لیا۔ میں نے دانستہ اپنی زندگی برباد کی تھی۔ معصوموں کی

جان لی تھی۔ زندگی کے ان اداس اور رنجیدہ سالوں کو جنہیں گذارنا دوبھر ہو رہا تھا۔ خود دعوت دی تھی اور یہ سب کچھ کس لئے؟ محض تمہاری غلطی کی وجہ سے۔ اور اب آج میں آیا ہوں۔ کہ تمہاری زبان سے تمہاری غلطی کا اعتراف سنوں"۔ مریض اُٹھ کھڑا ہوا۔ اپنے ہاتھ چھاتی پر باندھ لئے:

"اس سے زیادہ حماقت سے تم اور کس طرح اعتراف کر سکتے تھے؟ ابھی جب تم نے مجھے یقین دلایا۔ کہ میری صحت میں خرابی نہیں۔ کسی قسم کی خرابی نہیں۔ تو تم نے میری آنکھوں کو نہ دیکھا۔ اگر تم اپنی آنکھیں میری آنکھوں میں ڈالتے۔ تو دہشت سے کانپ اُٹھتے۔ میری تمام داستان۔ میری آنکھوں میں پڑھ لیتے . . . ."

ڈاکٹر کا رنگ فق ہو گیا تھا۔ اس نے رُک رُک کر کہا:

"انسان سے غلطیاں ہو جاتی ہیں۔ میں انسان

ہوں . . . اِن دنوں دِق کا خیال اس قدر عام ہو چکا ہے۔ کہ ہر چیز میں گھر کر لیتا ہے . . . غیر محسوس طور پر اپنا اثر ڈال دیتا ہے . . . بعض اتفاقی۔ محض عارضی علامات کو اہمیت دے دینا بعید از قیاس نہیں . . . مجھ سے غلطی ہو گئی ہو گی . . . بڑے بڑے ڈاکٹروں نے تشخیص میں غلطی کی ہے . . . مَیں پھر تمہارا معائنہ کرتا ہوں . . . "

مریض نے ایک بھیانک قہقہہ لگایا:

"معائنہ کرتے ہو؟ خُوب . . . تم نے مجھے کس قسم کا احمق سمجھ رکھا ہے؟ خود دوڑ کر تلوار کی نوک تک آپہنچے ہو۔ اور اب پینترا بدل کر صاف بچ جانا چاہتے ہو؟ میری صحت میں کوئی خرابی نہیں اس مرتبہ معقول وجوہ کی بنا پر مَیں بلا تامل تمہارے لفظوں پر یقین کرتا ہوں۔"

"لیکن تم نے مجھے قاتل بنایا۔ تم قتل میں میرے معاون تھے۔ بلا قصد معاون؟ مَیں تمہاری تائید کرتا

ہوں۔ تم دماغ تھے اور مَیں بازو۔ اور چونکہ انصاف کا طریق ہمیشہ کے لئے ہے۔ اس لئے میں . . . تندرست اور توانا شخص۔ ضعف اعصاب کا شکار . . . مَیں انصاف کرتا ہوں۔ تمہیں مجرم ٹھہراتا ہوں اور خود ہی تم کو سزا دیتا ہوں"۔

دو گولیاں چلنے کی آواز کمرے میں گونجی۔ نوکر اندر دوڑے آئے۔ تو دیکھا کہ دو بے جان جسم زمین پر چت پڑے ہیں۔ کچھ خون اور بھیجا اُچھل کر میز پر آن پڑا تھا۔ اُن سے اس کاغذ پر سُرخ داغ پڑ گئے تھے جس پر یہ نامکمل نسخہ لکھا ہُوا تھا:

بروما ئیڈ۔ پندرہ گرین

مصفا پانی . . .

Maurice Level کے کچھ اور یادگار افسانے

فقیر

مترجم : امتیاز علی تاج

بین الاقوامی ایڈیشن جلد منظر عام پر آرہا ہے